가급적 일하고 싶지 않은 사람들을 위한

돈 이야기

가급적 일하고 싶지 않은 사람들을 위한 돈 이야기

오하라 헨리 지음

안민희 옮김

북노마드

작가의 말

안녕하세요, 오하라 헨리大原扁理라고 합니다.

저는 스물다섯 살부터 약 6년 동안 도쿄 교외에 있는 작은 연립주택에서 은거 생활을 했습니다. 은거 생활이라는 표현을 쓰기는 했지만, 옛날이야기에 등장할 법한 속세를 떠난 사람의 생활과는 다릅니다. 제 경우로 말하자면, 사회와의 관계를 최소한으로 유지하고 기본적으로 일주일에 이틀만 일하며 연 수입은 백만 엔 이하로 사는 생활이라고 할 수 있겠네요. IT나 주식과 관련된 특수한 능력이 있지는 않지만, 부모와 나라의 지원 없이도 평범하고 행복하게 살아왔습니다.

이런 생활에 대해 누군가에게 이야기하면 '용케 잘 살고 있네'라는 반응이 돌아오는 경우가 많습니다. 사실 숫자만 보자면 제 눈에도 그런 생활은 힘들어 보입니다('경제적으로'라는 의미는 물론 '인간적으로'라는 뉘앙스도 포함되어 있다는 건 알지만, 일단 제쳐두겠습니다). 실제로 연 수입 백만 엔 이하로 살아보면, 머리로 생각하는 생활과 실제로 느끼는 생활은 상당히 다르다는 사실을 알 수 있습니다. 무엇보다 '연 수입이 줄어들어 바닥을 치는 만큼 동시에 돈에 대한 불안이 줄어든다'는 신선한 발견을 할 수 있었습니다. 연 수입이 줄어들면 경제적인 불안이 커진다고 생각하는 것이 보편적이죠. 저도 그랬고요.

물론 은거 생활을 시작하자마자 경제적인 불안이 사라진 것은 아닙니다. 이렇게 먹고살 수 있을까 걱정하면서 시행착오를 반복하고, 천천히 하나씩 이것이 나에게 정말 필요한지 아닌지 확인했습니다. '좋아요!'를 눌러주는 사람도 없고, 종착점도 몰랐지만 매일매일 고독한 작업을 쌓아나간 결과 같습니다.

은거 생활 전에는 도쿄도 스기나미杉並구에서 살았습니다. 거의 매일 아르바이트를 해서 월수입은 평균 11만 엔(실수령액) 정도였습니다. 하지만 이 수입에서 생활비와 세금을 제외하면 남는 돈은 거의 없었죠. 당시는 경제적으로도 정신적으로도 여유가 없어서 매우 힘들었습니다.

매일 일하고 11만 엔을 벌어도 벅찬데, 이보다 수입을 줄였다가는 못 버틸지도 몰라. 그렇게 생각했던 시기도 있는데 지금은 월수입 7만 엔으로도 행복하게 살고 있습니다. 왜 그럴까요? 도쿄에서 은거 생활을 하기까지 무엇이 변하고 무엇이 변하지 않았던 것일까요?

먼저 '도쿄 교외에 있는 작은 연립주택에서 살았다'고 과거형으로 쓴 것은 도쿄의 집을 이미 처분하고 지금은 대만에서 은거 생활을 하고 있기 때문입니다. 이 책에서는 알기 쉽게 구분하기 위해 2010년 12월에 도쿄 교외에 있는 고쿠분지国分寺시의 주택으로 이사했을 때를 은거 생활의 시작점으로 보고 2016년 9월에 일단 종료하기까지(대만으로 이사하기 전까지)의 6년 동안을 돌아보고자 합니다.

당시 은거 생활을 하면서 '연 수입이 줄어드는데도 경제적 불안에서도 해방되는' 신기한 현상을 체험한 당사자로서, 그 시절의 제가 어떻게 생각하고 행동했는지, 돈에 대한 사고방식과 태도가 어떻게 바뀌었는가…… 그 이야기를 기억이 선명할 때 기록하자 마음먹은 것이 이 책을 쓰게 된 계기입니다.

책을 출간하는 것은 이번이 세 번째입니다. 『20대에 은거 생활, 주 2일 근무의 쾌적한 생활』(2015)은 은거 생활을 중심으로 써내려간 상세한 기록이라고 할 수 있습니다. 『연 수입

90만 엔으로 도쿄 해피 라이프』(2016)에서는 은거 생활뿐만 아니라 세상의 상식과 당연한 이치로 여겨지는 것들에 대해 제가 무슨 생각을 했는지, 어떻게 행동으로 옮겼는지를 썼습니다.

즉, 돈을 주제로 책을 쓰는 것은 이번이 처음입니다.

처음일뿐더러 돈에 관해 아는 것은 저의 일천한 경험이 전부입니다. 그럼에도 제가 조금은 다르게 살아오며 발견한 이야기를 글로 옮겨서 이 책을 읽는 분들이 돈에 대한 태도, 나아가 삶의 태도를 다시 한 번 돌아볼 수 있다면 그보다 더 한 기쁨은 없을 겁니다.

그럼 시작하겠습니다. 독자 여러분도 은거 생활을 체험하는 기분으로 부담 없이 페이지를 넘겨주시면 좋겠습니다.

차례

들어가며

은거 생활의 아웃라인

저의 지난 책을 읽은 분에게는 반복되는 이야기라서 건너뛰셔도 괜찮습니다. 처음 뵙는 독자를 위해 먼저 저의 은거 생활을 간단히 소개하겠습니다.

[하루 일과]

◎ 아침

아침은 적어도 7시에 일어나서 창문을 활짝 열고 환기를 하며 시작합니다. 찬물로 세수, 쓰레기 버리기, 맨손 체조로 이어집니다. 은거 생활을 한다고 해서 마냥 잠만 자면 안 됩니다. 회사나 학교에서 생활 리듬을 정해주지 않는 만큼 스스로 조절할 수밖에 없습니다.

아침을 먹기 전에 차를 끓이고(겨울에는 홍차를 마시기 전에 그냥 따뜻한 물을 마시기도 합니다), 차를 마시면서 '오늘 하고 싶은 일' 리스트를 만드는데, 그 시간도 참 즐겁습니다. 잠에서 막 깼을 때는 몸이 아침밥을 받아들일 준비가 안 되어

있으니까요. 따뜻한 차를 마시다 보면 위가 조금씩 움직이는 게 느껴집니다. 아침에 차를 마시면 즉시 화장실 신호가 와서 '아, 몸이 깼구나' 하고 실감합니다.

'하고 싶은 일' 리스트는 미리 만들어두면 오늘 내가 무엇을 하려고 했는지 고민할 시간을 아낄 수 있습니다. 하루는 24시간밖에 없으므로 생각은 아침에 한 번으로 충분합니다. 리스트에서 그때그때 하고 싶은 일을 척척 해나갑니다. 하지만 너무 완벽하게 수행하려고 애쓰다가는 금방 지칠 수 있으니 맘이 바뀌면 안 하기도 하고 아예 다른 일을 할 때도 있습니다.

아침은 직접 만든 스콘과 수프 등 간단한 음식을 만들어 먹습니다. 사흘 치씩 한 번에 만들어둡니다. 저는 뭔가 하는 김에 잡다한 일을 해치우는 걸 좋아해서 밥을 먹으면서 설거지한 그릇을 정리하기도 합니다.

그러고 나면 자유시간입니다. 책을 읽고 청소하면서 시간을 보냅니다. 계절에 따라 달라지기도 하는데, 겨울은 추워서 가급적 움직이지 않고, 여름은 반대로 시원할 때 많이 움직입니다.

◎ 점심

점심은 거의 면류를 먹습니다. 소바나 우동을 기분에 따라 골라 먹습니다. 여름에는 냉국수, 겨울에는 따뜻하게 국물을 내서 먹습니다. 고명은 계절에 따라 나물 반찬을 얹습니다. 봄에는 양배추, 여름에는 오이를 절여서 반찬을 만들고, 가을에는 소송채小松菜나 공심채 같은 나물을 참기름과 간장으로 볶아두고요. 겨울에는 무, 당근, 생강 등을 갈아두고 언제든지 쓸 수 있도록 상비해둡니다.

나물 반찬이 떨어지면 뜯어 와서 말린 채소(쑥이나 뽕잎 등)를 사용합니다. 아무튼 고명은 한두 가지를 곁들이는데 재료의 맛을 제대로 느끼면서 먹는 것을 좋아합니다.

점심을 먹고 나면 다시 자유시간입니다. 산책할 겸 슈퍼마켓이나 집 근처에 있는 농가 직판장에 들르고, 나물을 뜯거나 도서관에서 책을 빌리기도 합니다. 그 책들은 일상을 살아가다가 흥미가 생겨서 홈페이지에서 예약한 책이 절반, 서가를 살피다가 궁금해서 빌리는 책이 절반입니다. 예약하지 않으면 나중에 잊어버릴 책, 생각하지 못한 발견으로 이끄는 책. 하나의 도서관에서 서로 다른 안테나가 움직여서 발견하는 두 가지 패턴을 즐길 수 있죠.

소장하는 책은 제한적입니다. 몇 번이고 다시 읽고 싶은 책이나 좋아하는 작가의 사인본을 소장합니다. 나머지는 도서관을 활용합니다. 집에서 조금 떨어진 곳에 거대한 서가를 마련해둔 기분으로 말이죠. 도서관에서 책을 대여하면 처음 몇 페이지만 읽고 '재미없다' 싶으면 반납해도 되니 손해가 없습니다. 돈 주고 샀으니까 어쩔 수 없이 읽어야 한다는 부담도 없고, 순수하게 읽고 싶은 책 혹은 읽고 싶은 부분만 여러 번 읽을 수도 있습니다.

아무리 생각해도 책만큼 돈이 들지 않고, 심지어 사회가 존중해주는 오락거리는 없는 것 같습니다. 저는 지식과 정보를 습득하는 책보다는 독이 되지도 약이 되지도 않는 쓸데없는 책만 좋아하는 까닭에 스마트폰 게임을 하는 것과 별반 다르지 않습니다만, 간혹 머리 좋은 사람으로 보이는 이득도 누리곤 합니다.

◎ 저녁

저녁은 비교적 일찌감치 5시에 먹습니다. 그래야 다음 날 아침이 쾌적합니다. 잘 시간에 가까운 때에 밥을 먹으면 다음 날 아침에 속이 부대껴서 힘듭니다. 불쾌한 시간은 인생에서 1초라도 줄이는 것이 좋겠죠.

메뉴는 역시나 거의 정해져 있는데 무농약 현미밥에 무장아찌, 된장국입니다. 가끔 기분을 내서 고등어 된장조림이나 낫토를 먹기도 합니다. 된장국은 처음에는 국물을 내는데 시간이 오래 걸려 귀찮기도 하고, 건져낸 다시마를 어떻게 활용해야 하는지 요리책에 나와 있지 않아서 당황했습니다. 무슨 방법이 없을까 여러 가지를 찾아보다가 다시마를 채 썰고 하룻밤 물에 담가서 국물을 우려내고 그대로 고명으로 쓰는 방법을 발견했습니다. 아주 편하고 효율적이었죠. 다시마는 자른 단면에서 맛이 나오는 법이고 된장국은 펄펄 끓일 필요가 없으니 다시마가 끈적거릴 일이 없어서 맛있게 먹을 수 있습니다.

현미밥도 사흘 치를 한꺼번에 냄비에 안칩니다. 저는 냉난방을 전혀 안 쓰는데, 겨울이면 집이 냉장고나 마찬가지여서 냄비째 그냥 내버려두기도 했습니다. 이렇게 해도 아무 문제없더군요.

저녁을 먹고 나면 계속 책을 읽고 영화를 보다가 잠자리에 듭니다. 하루가 30시간이면 좋을 텐데…… 아쉬워하면서 이불 속으로 들어갑니다.

매일 이런 식으로 살았죠.

[은거 생활의 아웃라인]

2만 8천 엔짜리 초저렴 주택[1]

은거 생활의 아성이 되어준 곳은 도쿄 교외에 위치한 고쿠분지시의 연립주택이었습니다. 집 구조는 원룸으로 2.5평 크기의 거실과 1.5평 크기의 로프트, 욕실 및 화장실이 있었습니다. 주방도 있었는데 한 구짜리 전기레인지와 작은 냉장고가 옵션으로 붙어 있었습니다. 외부에는 저만 사용할 수 있는 세탁기도 있었죠.

집에서 가장 가까운 역은 JR 주오센中央線 구니타치国立역이었는데, 걸어서 20분 정도 거리였습니다. 도보 10분 거리에 슈퍼마켓이 없어서 불편했지만 덕분에 매일 걸어서 건강에 도움이 되었고, 교통이 불편하니 아무도 놀러오지 않아서 제 바람대로 '조용히' 살았습니다. 관리비는 매달 1,500엔이었는데 원래 집값이 저렴하니 공짜나 다름없죠.

---

1 일본의 집은 대부분 월세 계약인 경우가 많다.

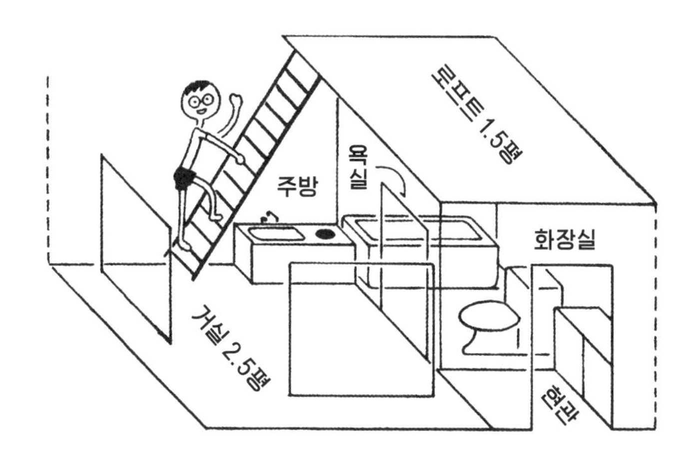

이곳으로 이사한 뒤로 인터넷이나 부동산에서 초저렴 매물을 들여다보는 취미가 생겼습니다. 사실 2만 엔대 주택은 하치오지八王子[2] 쪽이면 몰라도 고쿠분지 시내에서 이 정도 조건을 찾기 힘듭니다. 운이 좋았죠.

---

2 고쿠분지시보다 더 서쪽에 위치한 지역

하루 세끼를 만들어 먹으면 하루 식비가 300엔

쓸 수 있는 돈이 정해져 있는 은거 생활에서 매일 외식을 했다가는 지출이 너무 크겠죠. 그래서 세끼를 직접 만들어 먹었습니다. 전기레인지 화구가 하나밖에 없어서 끓이기, 굽기, 삶기의 범위에서 만들기 쉬운 메뉴로 골랐습니다. 매일 먹는 메뉴는 앞에서 이야기한 것처럼 대체로 정해져 있고, 계절에 따라 조금씩 변화를 줬습니다. 기본 메뉴는 검소하게 현미밥과 채식이었다고 할 수 있겠네요. 먹는 것에 집착이 없는 편이어서 심플하면서도 영양가가 높고 장기적으로 돈이 들지 않으며 일상적인 수고가 들지 않는 것을 고르다 보니 자연스레 이 메뉴로 정착하게 되었습니다.

육류는 가급적 먹지 않는데, 한때 할리우드에서도 유행했던 매크로바이오틱[3]과는 관계가 없습니다. 고기는 비싸고, 나중에 기름때를 제거하기도 귀찮고, 욕심을 부려 많이 먹으

3 뿌리부터 껍질까지 식재료를 버리는 부분 없이 먹는 조리법으로, 일본의 장수건강법에 뿌리를 두고 있다.

면 배탈이 잘 나는 저의 취향과 체질을 고려한 결과입니다.

그래도 친구 생일처럼 기회가 있을 때면 도심의 조금 고급스러운 레스토랑에서 식사를 즐기기도 합니다. 그때는 당연히 동물성 식품도 신경 쓰지 않고 잘 먹습니다. 제 원칙이 세상의 원칙은 아니므로 주변 사람에게 강요하지 않습니다.

옷은 보관함에 들어갈 만큼만

저는 옷 욕심도 없어서 일단 어느 옷에나 조합하기 쉬운 옷을 우선해 구매합니다. 여러 시행착오를 거쳐 결국 무인양품에서 파는 의류 보관함을 세 개 쌓아서 로프트에 두고 1년 치 옷을 보관하게 되었죠.

기본적으로는 제일 위 보관함에 간단한 속옷과 손수건, 양말 등을 일주일 치 넣어두었습니다. 상의는 가운데 보관함에 넣었습니다. 흰색 무지 티셔츠 대여섯 벌, 긴소매 플란넬 셔츠 두세 벌, 맨투맨 티셔츠 한 벌, 잠옷용 티셔츠 두 벌. 가장 아래 보관함에는 반바지와 검은색 바지 세 벌, 잠옷용 바지 두 벌, 그리고 창문 옆에 코트 두 벌과 목도리 하나를 걸었습니다.

작정하고 외출할 때 입는 옷도 있습니다. 유카타와 기모노[4] 한 벌씩, 그리고 'giedrius'라는 지인이 운영하는 리투아니아 브랜드의 리넨 셔츠, 인도에서 구입한 목도리가 있습니다. 이 옷들을 전부 넣어도 보관함에 적당히 여유가 있어서 뭐가 들어 있는지 한눈에 알 수 있고, 계절에 따라 옷장을 정리해야 하는 번잡스러움에서도 해방되었습니다. 신발장에는 샌들, 운동화, 가죽 구두, 어그 부츠가 한 켤레씩 있습니다. 딱 한 켤레만 있으니 계절을 타는 신발은 시즌이 끝날 때쯤이면 너덜너덜해져서 버려야 하죠.

대충이라도 매일 무엇을 입을지 정해두면 외출 직전까지 무엇을 입고 나갈까 고민이 줄어들어서 시간과 생각의 여유가 생깁니다. 무엇을 입을지 생각하지 않아도 된다는 점은 정말 쾌적하죠.

---

4 유카타는 기모노의 한 종류로, 여름에 입는 평상복으로 보면 된다. 일반적으로 기모노는 비교적 격식 있는 자리에서 입는다.

휴대전화는 필요 없다

은거 생활을 하면서 인터넷 회선과 유선전화를 설치했기에 휴대전화를 해지했습니다. 연락하기가 번거로워서일까요. 그 결과, 중요하지 않은 사람들은 자연스레 멀어져갔고, 저를 잘 이해해주는 좋은 친구들만 주변에 남았습니다. 원래부터 사교적인 편은 아니었기에 언제, 어디에 있든지 연락이 오는 경우가 사라지고, 만나자는 연락을 거절해야 하는 수고도 덜 수 있어서 정신적으로 아주 좋았습니다.

다만 책을 출판한 뒤로 사람을 만날 일이 많아지면서 2G 휴대전화를 다시 개통했습니다. 월 1천 엔 정도 내는 가장 저렴한 요금제를 사용했습니다. 이 경우 휴대전화가 있는 덕분에 보통은 만날 수 없을 법한 사람을 만나기도 했으니 '앞으로도 인생의 여러 단계에서 휴대전화를 쓰든지 말든지 자유롭게 선택하면 되겠다' 싶었습니다.

냉난방은 사용하지 않는다

여름에는 창문에 발을 걸고 방충망만 치고 지냈습니다. 차가운 물로 샤워하거나 찬물에 들어가 책을 읽으면 비교적 시원합니다. 여름에는 여름철 음식을 먹는 것도 중요합니다. 효과가 극적이지는 않지만 몸을 관찰하다 보면 느껴집니다. 저녁에 오이 같은 여름 채소나 남국의 과일을 먹으면 잘 때쯤 체온이 자연스레 떨어져서 금방 잠이 들더라고요. 다음 날 일어났을 때 체온도 낮아져서 쾌적합니다. 발끝을 만져보면 바로 느낄 수 있습니다. '오이는 열을 제거한다'는 조상들의 지혜에 감탄할 수밖에 없습니다. 하지만 아이스크림처럼 극단적으로 차가운 음식은 역효과가 납니다. 위가 갑자기 차가워지면 몸이 늘어져서 더위에 맞설 힘이 사그라들죠.

따뜻한 음식을 먹거나 마시는 것이 겨울을 따뜻하게 보내는 가장 쉬운 방법입니다. 과즙 100퍼센트 사과주스를 데워서 생강을 갈아 넣어 마시면 효과가 좋습니다. 물론 음식만으로 몸을 따뜻하게 하는 데는 한계가 있습니다. 운동의 발열 작용은 놀라운 효과가 있죠. 저는 맨손 체조, 요가, 산책,

근력 운동을 병행했습니다. 옷을 두껍게 입는 것도 기본입니다. 저는 한겨울이 되면 집에서도 코트를 입고 있을 때가 많습니다. 이러한 요소를 전부 조합하면 겨울을 따뜻하게 날 수 있습니다.

만약 1년 내내 냉난방기를 사용하여 온도가 일정한 장소에서 지냈다면 이렇게 섬세한 몸의 반응을 느끼지 못했을 테고, 몸을 세심히 관찰하면서 새로운 발견을 해나가는 재미도 없었을 것입니다.

물론 제 얘기가 절대적이지는 않겠죠. 저 역시 여름에 밤기온이 30도를 넘어가면 에어컨을 켜고, 가끔 친구가 놀러오면 친구가 쾌적하게 머물 수 있는 기온에 맞춰 냉난방기를 사용합니다. 바깥에서 활동할 때도 불만을 토로하지 않습니다. 몸의 균형이 중요하니까요.

도보 및 자전거로 이동할 수 있는 공간에서 생활하기

도쿄는 교통비가 비쌉니다. 특히 IC카드가 등장한 후로는 매번 탑승한 만큼 돈을 내는 감각이 사라져서 금세 지출이 불어납니다. 저는 교외에 살았기에 시내까지 나가면 왕복 1천 엔 이상이 들어서, 하루에 세 건 이상의 용무가 있어야 전철을 탔습니다. 나가더라도 가급적 JR 주오센 범위[5]에서 해결하려고 했습니다. 그래도 근처에 다치카와立川라는 번화가가 있어서 대부분의 용무를 그곳에서 해결할 수 있었죠.

도쿄에서는 개호[6] 아르바이트를 했습니다. 비 오는 날이 아니면 자전거로 통근하느라 40분 정도 걸렸는데, 운동이 되어 좋았습니다. 기치조지吉祥寺까지는 자전거로 갈 수 있는 범위였는데, 약 한 시간 정도 소요되었습니다.

개인적으로 도움이 된 것은 자전거 타기보다 걷기였습니다. 자전거를 탈 때는 바람과 속도를 기분 좋게 느끼고, 예정보다 빨리 목적지에 도착할 수 있습니다. 하지만 걷기에서는 나올 수 없는 빠른 속도로 이동하는 까닭에 위험을 피하는 데 급급해 주변을 신경 쓰지 못할 때가 많습니다(제가 그냥 둔한 탓일 수도 있지만). 반면 걸을 때는 길 위의 작은 요철이나

---

5 JR은 국영 철도여서 비교적 요금이 저렴하다. 하지만 민영 철도회사가 운영하는 노선으로 갈아타면 교통비가 급격히 비싸진다.

6 介護, 장애인 생활 지원 또는 고령자-환자 간호를 포괄하는 개념을 말한다.

경사 등 발바닥을 통해 전해지는 자극도 즐겁고, 눈에 들어오는 정보의 질과 양이 세세하면서도 많습니다. 걷다가 무언가를 발견하면 몇 번이고 발을 멈추고 메모하거나 사진을 찍기도 합니다. 아무래도 저는 걷기가 잘 맞는 사람 같습니다.

주 2일 개호 아르바이트, 가끔 임시 아르바이트

저는 중증 신체장애인 개호 아르바이트를 일주일에 이틀 정도 해서 한 달에 7~8만 엔의 고정 수입이 있었습니다. 단순 계산을 적용하면 연봉 90만 엔이네요. 다른 아르바이트 직원이 급하게 쉬는 날이면 대타로 나가고, 지인에게 다른 아르바이트를 부탁받을 때도 있습니다. 이사 도우미, 피아노 연주 및 강습, 여행 잡지 테크니컬 라이터, 번역, 곡 제작 등 여러 일을 해보았습니다. 이러한 임시 수입은 일단 저금했다가 당일치기 온천 여행이나 외식 비용으로 썼습니다. 돈이 아니라 물건을 사례로 받을 때도 있었습니다.

임시 수입은 늘 기대할 수 있는 게 아니어서 2월처럼 일수가 부족한 달은 수입이 6만 엔밖에 되지 않을 때도 있습니다. 그럴 때는 초절약 모드로 들어갑니다. 온천도 외식도 생략합니다. 수입이 적으면 적은 대로 '이번 달은 조금 사정이 어렵다'고 약속을 거절할 이유가 생기니 좋은 점도 있네요.

여기까지 간략하게 자기소개를 겸해서 은거 생활의 윤곽을 훑어보았습니다. 20대에 은거 생활을 시작했다고 하면 여타 평범한 사람과는 다른 특별한 삶으로 비칠 수도 있습니다. 하지만 하나씩 뜯어보면 아주 단조롭고 평범한 면이 쌓이고 쌓인 것에 지나지 않습니다. 제 눈에도 그렇게 보입니다.

무엇보다 앞에서 설명한 생활 스타일로 정착하는 데에는 세상의 잣대가 아니라 모두 실제로 해보고 결정한 저만의 이유와 감각이 근거가 되었습니다. 다음 장부터는 순서대로 구체적인 내용을 살펴보겠습니다. 무엇을, 어떻게 판단해서 그렇게 생활하게 되었는지, 그 결과 '돈'과의 관계가 어떻게 변화했는지 이야기해보겠습니다.

1장

일단 힘든 장소에서 벗어나기

우선 '돈'을 생각할 때 '내가 어떤 모습이길 바라는가?'라는 문제를 피할 수 없다는 점을 분명히 해두고 싶습니다. 좀 더 정확히 말하자면 돈은 '내가 바라는 나의 모습이라는 문제'의 일부에 지나지 않습니다. 우리는 '돈'에 불안을 느낍니다. 그래서 그 불안을 없애기 위해서 노력합니다. 하지만 더 중요한 것은 '돈이 유발하는 불안이 사라졌을 때 내가 어떻게 살 것인가'입니다.

어떤 분들은 '이게 무슨 돈에 관한 책이야?'라는 생각에 살짝 허탕을 친 듯할 수 있겠지만, 돈에 관한 직접적인 생각이나 이야기는 책의 뒷부분에 등장하니 걱정하지 않으셔도 됩니다. 집요하다고 느끼겠지만 정말 중요합니다. 얼마를 벌고 얼마를 절약하느냐보다 '내가 원하는 나의 모습을 파악'하는 것. 돈만 쳐다보다가는 인생의 본질을 잃게 됩니다.

서두르면 될 일도 안 되는 법이니까요.

지금은 비록 저소득일지언정 경제적 불안이 없는 생활을 보내고 있지만 처음부터 이렇게 될 거라고 예상하지는 못했습니다. 은거 생활을 시작한 2010년 12월, 고쿠분지시로 이사했을 때 제 머릿속은 오로지 '더 이상 이렇게 일하기는 싫어'라는 생각으로 가득했습니다. 왜 일하기 싫은지, 이사를 해서 어떻게 할 것인지는 깊게 고민하지 않았죠. 심지어 은거하고 싶다거나 돈에 대한 불안을 제거하고 싶다는 목표조차 없었습니다. 그저 내가 처한 상황에서 어떻게 하면 지금보다 행복해질까를 살피고 실행하기. 그것만 우직하게 몇만 번이고 반복했습니다. 그 결과 어느새 포상처럼 연 수입 90만 엔으로 살 수 있게 된 것이죠.

저는 돈의 불안에서 해방되기 위한 지름길이나 비법을 제시하지는 못할 겁니다. 다만 제 경험을 통해 그 지점에 도달하기 위한 바람직한 일의 순서와 요령을 말씀드릴 수는 있습니다.

매일 열심히 일하는데도 불구하고 늘 돈이 부족하고 힘든 상태일 때, 저는 일단 그곳에서 벗어나는 방법을 선택했습니다. 내가 어떤 모습으로 살고 싶은지, 돈의 불안에서 벗어나고 싶은지 따위는 일단 제쳐둡니다. 왜 이렇게 힘든지도 생각하지 않습니다. 사람은 힘들 때는 사고방식이 편협해지기 마련이고 무슨 생각을 한들 부정적인 결론에 도달하기 쉬우니까요. 어려운 부분은 미뤄두고 일단 그곳에서 한 발짝 떨어지기. 인생이나 돈은 안정을 되찾은 후 고민해도 늦지 않습니다.

이 장에서는 제가 힘든 장소에서 벗어나며 했던 일, 하지 않았던 일, 주의했던 일을 정리해봤습니다.

힘든 감정을 없었던 것으로 치부하지 않기

제가 도쿄로 올라온 것은 2009년 6월이었습니다. 당시 스물세 살이었습니다.

도쿄에서 처음 살았던 곳은 스기나미구의 한적한 주택가에 있는 셰어하우스였습니다. 북향의 두 평짜리 방이었는데 집세는 월 7만 엔, 수도 및 전기세와 인터넷 요금을 입주자 전원이 절반씩 부담하는 조건이었습니다. 그렇게 하면 매달 집세는 8만 엔 수준이었습니다. 그래도 일본식으로 잘 꾸민 마당이 딸린 단독 주택인 데다, 평일에는 회사원인 셰어하우스 동료가 전부 출근해서 넓은 거실과 주방, 정원을 독차지할 수 있어서 부러움을 살 만한 집이었습니다.

문제는 이때부터 비싼 집세를 계속 내기 위해 거의 매일 아르바이트를 해야 하는 괴로운 나날이 시작되었다는 것입니다.

당시 수입은 매달 11만 엔 내외였는데, 생활비와 세금 따위로 지출하면 남는 것은 거의 없었습니다. 그런데 같이 사는 회사원들은 태연하게 저보다 오랜 시간 근무하고, 가장 저렴한 방을 쓰는 저보다 더 많은 집세를 매달 지불했습니다. 그러다 보니 '여유가 없어서 힘들다'는 소리도 못하고, 고작 이 정도 집세도 못 내는 내가 이상한 것이니 집세 7만 엔은 보통 수준, 아니 저렴한 수준이라고 여겼죠. 그래도 마음 한구석에서는 이러한 현실을 받아들이기 어려워서 '왜 생활을 유지하는 데에만도 이렇게 일을 해야만 하는가'라는 의문을 계속 품고 있었습니다.

어쩌면 내가 이상한 게 아니라 비싼 집세를 내기 위해 계속 일하는 것을 당연하게 여기는 사회가 이상한 건 아닐까? 그게 일반적이라고 생각하면서 동시에 이상하게 느끼는 상반된 감정이 한동안 이어졌습니다.

도쿄로 온 지 1년 3개월이 지났을 무렵, 정말 우연히도

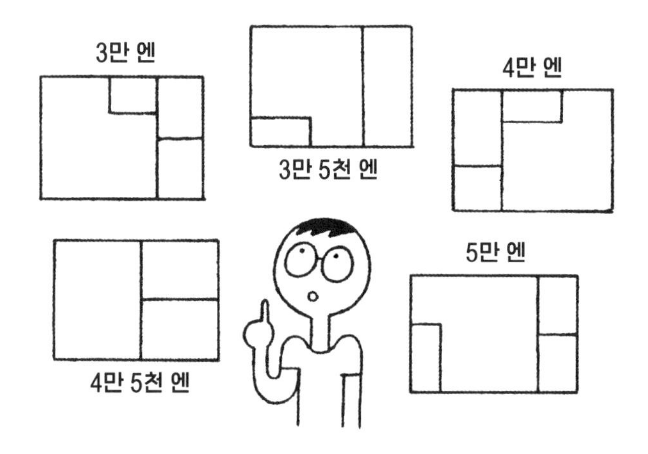

부동산 사이트를 보다가 충격을 받았습니다. 세상에…… 도쿄에는 교외라는 지역 설정이 따로 있었고[7], 그곳에는 비슷한 크기인데도 집세가 3~4만 엔대인 매물이 발에 치이도록 굴러다닌다는 사실을 알게 됐습니다. '아, 역시 7만 엔이라는 집세는 비정상적으로 비쌌던 거야. 더 이상 비정상적인 것에 나를 맞추지 않아도 돼.' 저의 직감적인 의문에 긍정적인 답변을

---

7 도쿄도都는 중심부에 해당하는 23구区와 그보다 서쪽의 다마多摩 지역, 도서부로 구성되어 있다. 다만 일반적으로 도쿄라고 부르는 곳은 23구이고, 다마 지역과 도서부는 별개의 교외 지역으로 인식하는 경향이 크다.

받은 것 같았고, 그것만으로도 마음이 매우 편해지더군요.

지금 돌이켜보면 두 평짜리 북향 방에 7만 엔이나 내다니 멍청하기 짝이 없었지만, 그건 지식이 생긴 지금이니까 할 수 있는 말입니다. 도쿄로 온 지 얼마 안 된 지방 출신인 제가 '도쿄라도 교외로 나가면 저렴한 집을 구할 수 있다'는 걸 알기란 매우 어려운 일일 테니까요. 진즉 알고 빨리 이사했다면 좋았겠지만, 이것만큼은 정말 타이밍의 문제인지도 모릅니다.

누군가 '도쿄는 집세 7만 엔이 보통이지'라고 말한다면 '당신한테는 그렇군요'라고 여기면 그만입니다. 다른 누구도 아닌 나에게는 그 월세가 비싸다는 사실을 안 것만으로도 '나만의 행복의 크기'에 한 걸음 다가선 것이므로 기뻐할 일입니다.

나에게 딱 알맞은 행복의 크기가 어느 정도인지는 당연히 사람마다 다릅니다. 처음부터 아는 사람은 흔치 않죠. 부모 곁을 떠나 하나부터 열까지 내가 번 돈으로 살아보지 않으면 나에게 뭐가 필요하고, 뭐가 필요하지 않은지 진지하게 따져보지 않고 지나치기 쉽습니다. 독립의 가장 큰 이점은 '어떻게 하면 내가 행복한지 강제로 알게 된다'는 점일 겁니다.

새로운 환경에서는 무엇이 정상이고 무엇이 비정상인지 알 수 없습니다. 처음에는 몇 차례 실패도 할 테고요. 하지만 사회에서 당연하게 여기는 것들이 반드시 옳다는 보장은 없습니다. 모두가 당연하게 소화하는 일이라도 내가 힘들다고 느낀다면 힘든 겁니다. 내가 실감하는 감정에 다른 사람이 이러쿵저러쿵 말할 권리는 없습니다. 다른 사람과 비교해 누가 더 힘든지 따지는 일은 아무 의미 없습니다.

다만 '힘들다'고 느꼈던 감정은 그 상태에서 벗어나는 데 반드시 도움을 줍니다. 그러니 힘든 상황에서 벗어날 때까지 그 느낌을 절대 잃지 말고 간직하세요. 나만의 실감을 '사회의 당연함'에 내주어서는 안 됩니다.

하기 싫은 일에서 도망치기

집세가 저렴한 교외 지역을 발견한 것이 2010년 9월이었고, 그로부터 3개월 후에 고쿠분지시에 있는 집세 2만 8천 엔짜리 초저렴 주택으로 이사했습니다. 집 구조는 앞에서 설명했으니 생략하고, 제가 입주 전에 가장 걱정했던 것은 '이렇게 싼 건 사고 매물이 아닐까'였습니다. 개인적으로 심령 현상을 가끔 경험하는지라 사고 매물은 되도록 피하고 싶습니다. 이 문제는 매물을 둘러볼 때 이웃들과 인사를 나누며 여쭤보고, 근처 세탁소나 슈퍼마켓에서 그 주택의 과거 이야기를 들어본 뒤 '괜찮다'고 판단했습니다.

부동산에도 솔직하게 물어봤습니다. 물론 어려운 질문이지만 "사고 매물이라는 사실을 세입자한테 알려줄 의무는 없다던데 진짜인가요?"라는 식으로 묻고 반응을 살폈습니다. 당시 담당자분이 얼버무리는 느낌은 아니었고, "이 매물은 걱정하지 않으셔도 됩니다"라고 단언해주셨습니다. 지금은 인터넷상에서 '사고 매물' 지도를 검색할 수 있으니 불안하면 사이트에서 확인하는 것도 좋습니다.

이사는 업체에 맡겼습니다. 짐이 그렇게 많지 않고, 도쿄도 내에서 이사하는 것이어서 1만 9천8백 엔에 해결했습니다[8]. 초기 비용으로 저축을 많이 까먹기는 했지만 그보다는 '이제 매일 일하지 않아도 된다'는 개운함이 컸습니다.

---

8 일본의 이사 비용은 보통 3~4만 엔부터 시작한다.

돌이켜보면 도심에서의 삶을 버리고 집세가 저렴한 교외로 도망쳤을 때, 그제야 도쿄에서 주체적으로 삶을 선택하는 법을 배웠던 것 같습니다. 다른 사람 눈에는 '힘든 일에서 도망친 것'처럼 보였겠고, 사실 저 역시 그대로 도심에 눌러앉아 사는 게 편했을지도 모른다고 생각한 적이 있습니다.

일본에는 '도쿄는 집세가 비싸서 자취하기 힘들다'는 막연한 이미지가 공기처럼 존재합니다. 생각해보면 만약 그대로 스기나미구에서 계속 살다가 무일푼이 되었다 하더라도 도쿄가 너무 비싼 탓이라며 다 정리하고 고향으로 돌아가면 그만이라는 도망칠 구석을 마음 한편에 마련해두고 싶었던 거겠죠. 그런데 집세가 저렴한 도쿄 교외에서 자취했는데도 잘 안 풀렸더라면 실패의 원인은 도쿄가 아니라 나 자신에게 있었다는 점을 증명하는 꼴이 됩니다. 그 현실과 마주하기가 무서웠던 겁니다.

그래서 저렴한 매물을 발견하고도 한 달 정도 망설였습니다. 그런데 마침 셰어하우스 구성원에 변동이 생기면서 예전만큼 즐거운 분위기가 아니었던 점이 제 등을 떠밀었습니다. 이제 이 집은 나에게 7만 엔을 낼 만큼의 가치가 없어졌어. 아무리 생각해도 돈이 아까워.

이에 저는 부동산 사이트에서 본격적으로 매물을 찾아 나섰고, 2010년 12월에 다행히 고쿠분지시에 있는 주택으로 이사했습니다. 도쿄에 온 이후 처음으로 행동의 결과를 '도쿄 탓'으로 떠넘기지 않고 직접 떠안기로 결심했던, 작지만 기념할 만한 순간이었습니다.

만약 상경해서 평범하게 7만 엔의 집세를 낼 수 있는 형편이었거나, 도쿄의 부모님 집에서 살았다면 아무런 의문 없이 즐겁게 살고 은거 생활 따위는 하지 않았을 겁니다. 그래서 지금이 좋습니다.

실패했을 때 누군가를 탓할 수 있다는 유혹은 인생을 주체적으로 사는 길로부터 나를 멀어지게 합니다. '무엇이 옳고 무엇이 그른지 내가 짊어져줄게'라고 장담하는 사람이나 사회가 나타나면 주의하세요. 정말 그래도 되는지, 손쓸 수 없는 단계에 이르기 전에 조심해야 합니다.

굳이 은거할 필요는 없다

의외일 수도 있지만, 교외로 이사한 시점까지는 굳이 은거 생활을 하겠다 마음먹은 적이 없습니다. 결과적으로 주 2일 근무, 연 수입 90만 엔이라는 생활을 할 줄은 꿈에도 몰랐습니다. 지금 생각해보면 목표가 없었기에 아래 두 가지가 가능했던 것 같습니다.

① 빨리 그곳에서 벗어날 수 있었다
② 예상하지 못한 전개를 즐기고 수용할 수 있었다

① 힘든 곳에서 빨리 벗어나기

목표가 없다고 행동하지 말라는 규칙은 없습니다.

지금 그곳에 있기가 너무나 힘들다면 벗어나기 위한 훌륭한 목표나 이유를 만들기보다 힘든 정도를 낮추는 게 먼저입니다. 목표 따위는 없어도 된다는 이야기가 아닙니다. 만약 필요하다면 상황이 안정되어 천천히 삶을 돌아볼 수 있게 된 다음 목표를 만들어도 되지 않을까요?

개인적으로는 애초에 도쿄에 왔던 목적이 없었다는 점도 그곳에서 빠르게 벗어날 수 있었던 요인이었습니다. '도쿄에 가서 성우가 되자. 10년 동안 싹이 트지 않으면 그만두자'라는 목표로 상경했다가 10년이 지났는데 싹이 트지 않아서 고향으로 돌아간 사람의 이야기를 들은 적이 있습니다. 옳고 그름은 둘째 치고, 제가 만일 어떤 목표를 위해 정확한 기간을 정해두고 상경했더라면 거기에 얽매여서 교외로 탈출하는 것이 늦어졌을지도 모릅니다. 지켜야 할 기한이나 달성해야 할 목표가 없을 때 훨씬 유연하게 움직일 수 있는 것 같습니다.

② 예상하지 못한 전개를 즐기고 수용하기

저는 지금까지 살아오면서 꿈이나 목표를 가진 적이 거의 없습니다. 그러면 어떻게 될까요? 여러 가지 가능성을 잘 포착하게 됩니다. 목표 지점을 설정하지 않은 만큼 오른쪽으로도 왼쪽으로도 갈 수 있고, 생각지도 못한 길을 발견할 수도 있습니다. 갈림길에서 가슴이 뛰는 길을 선택했더니 상상하지 못한 방향으로 일이 전개되어 은거 생활이 완성되었다는 이야기입니다(제 이야기입니다).

배우 구로야나기 테츠코黒柳徹子가 진행하는 장수 프로그램 〈테츠코의 방〉[9]에 관한 인터뷰에서 다음과 같은 대목을 읽은 적이 있습니다.

- 〈테츠코의 방〉에 나온 게스트 가운데 현재 직업이나 삶을 갖게 될 거라고 상상조차 못한 사람이 90퍼센트였다.

지금까지 40년 동안 방송에 출연한 게스트가 1만 명을 넘는다고 하니 상당히 경이로운 숫자입니다. 수많은 인생을 통해 현실에서 벌어지는 일들이 인간의 예상을 얼마나 가볍게 뛰어넘는지를 보여주는 좋은 예입니다.

만약 제가 목표에 얽매여서 머리로 생각할 수 있는 수준의 것들만 무의식중에 좇았더라면 지금쯤 이런 생활을 하고 있지 않았겠죠. 역설적이지만 굳이 은거할 마음이 없었기에 은거하게 된 것인지도 모릅니다.

---

9 일본의 원로급 MC이자 배우 구로야나기 테츠코가 진행하는 〈테츠코의 방〉은 유명 인사를 초대해서 대화를 나누는 토크쇼로, 1976년부터 지금까지 이어지고 있다.

참고로 여기서 말하는 목표란, 몇 년 단위의 장기적인 계획을 말합니다. '이번 주에 이사할 집을 정해야지' 또는 '이번 달에 지금 하는 아르바이트를 그만둬야지' 같은 단기적인 목표는 저도 매우 많았고, 일상을 살아가며 작은 동기를 부여하려고 활용하기도 했습니다. 단기적인 목표를 세우는 일이 '상상을 뛰어넘는 미래로 가는 길'을 방해하지는 않는다고 봅니다.

완벽을 추구하지 않기

무언가를 시작할 때 완벽한 조건이 갖춰지기를 기다렸다가는 행동할 타이밍을 놓칩니다. 은거 생활을 시작했을 때 제 소원은 오로지 '이렇게 일하기는 싫다'였습니다. 그런 전제 아래 제가 양보할 수 없었던 주거 조건은 아래와 같았습니다.

- 부엌이 있을 것
- 화장실에 욕조가 있을 것
- 가능하면 가전 옵션도 있을 것

- 집세는 3만 엔 이하일 것
- 그러면서 사고 매물이 아닐 것

이 조건을 갖추면 필연적으로 집이 좁거나, 저층이거나, 낡은 건물이거나, 지하철역에서 멀거나 주변에 상점이 없는데, 그런 점은 모두 허용할 수 있었습니다. 사실 좀 더 찾아보면 하치오지 쪽에 2만 엔대 초반의 매물도 많았습니다. 하지만 당시에는 일을 그만둘 용기가 없었고, 도심 쪽에서 아르바이트를 한 까닭에 통근이 너무 힘들 것 같았죠. 그래서 고쿠분지시의 2만 8천 엔짜리 주택으로 결정했습니다.

저는 운이 좋게도 오래오래 살고 싶은 조건을 갖춘 주택을 단번에 찾은 셈입니다. 하지만 '이제 이렇게 일하기는 싫다'는 소원만 생각한다면 3~4만 엔대 주택을 골랐어도 좋았겠죠. 이 집에서 계속 살 수 있을지 없을지를 확인하면서 단계적으로 저렴하고 도심에서 먼 장소로 이사하는 것도 재밌을 것 같습니다.

한 번에 다 하려고 하지 않기

이 책에서는 편의상 제가 교외로 이사한 시점을 은거 생활의 시작점으로 설정했습니다. 하지만 갑자기 주 2일 근무를 하고 연 수입 90만 엔으로 사는 생활이 시작된 것은 아닙니다. 오랜 시간을 들여서 '무엇을 남기고 무엇을 쳐낼지' 고려하며 한 걸음씩 은거 생활에 가까워져 갔습니다.

실제로 제가 교외로 이사했을 때만 해도 아르바이트는 계속하고 있었습니다. 집세가 저렴하다고 해서 생계에 문제가 없는지 파악할 때까지는 무서워서 일을 그만둘 수 없었죠. 그중에서도 가장 바쁘고 스트레스가 많았던 편의점 아르바이트를 그만둔 것은 이사한 지 3개월 뒤였습니다. 급여가 월말에 정산되고, 다음 달 25일에 지급되는 시스템이라서 2010년 12월에 일한 급여가 2011년 1월 25일에 입금되었는데, 실제로 그 돈이 없어도 한 달을 살 수 있는지 2월 한 달 동안 확인했고, 3월에 그만뒀습니다.

대신 서점 아르바이트를 하고 부족한 돈은 일용직 아르바이트로 보충했습니다. 이때 이미 월수입은 7~8만 엔 정도였습니다. 얼마 동안 그렇게 일하며 지냈는데, 결국 서점도 일손이 부족해져 심하게 바빠진 데다가 내부 공기가 안 좋아서 두드러기가 생기는 바람에 그만두었습니다.

그 후 근처에서 개호 일을 하게 되었고, 이것이 도쿄 은거 생활을 수입 면에서 지탱해주었습니다.

이쯤 되면 주변에 저를 잘 이해해주는 친구밖에 남지 않습니다. 가끔 아르바이트를 부탁받으면 임시 수입이 생겼고, 개호 일로 들어오는 고정 수입 7~8만 엔과 합치니 무난히 생활할 수 있었습니다. 의식주 등 생활 면에서도 은거 생활을 터득하고, 처음으로 내가 '은거'하고 있다는 사실을 깨달았을 때는 교외로 이사한 지 2년이 지난 시점이었습니다.

한 번에 모든 면을 바꾸려고 하지 마세요. 조금씩 시간을 들여서 없어도 살 수 있는지 확인합시다.

주변을 설득하려 하지 않기

저는 예전부터 어느 날 갑자기 여행을 떠나고, 또 어느 날은 집안에 틀어박히는 등 돌발적인 행동을 많이 해서 주변에 걱정을 끼치는 타입이었습니다. '재미있을 것 같아서'라는 이유만으로 도쿄에 가려고 했을 때도 사람들은 '왜 가는 거야? 가서 뭐 하려고?'라는 질문을 남발했습니다. 제가 대답하지 못하면 그들은 내가 이겼다는 듯한 표정을 짓곤 했죠. '목적도 없이 가봤자 망할 것'이라는 선고를 받은 듯해서 저는 매우 화가 났습니다. 남들과 같이 가는 거라면 몰라도 저 혼자 가는 건데, 다른 사람을 설득할 필요가 있을까요?

만일 제가 도쿄에 갈 때도, 은거할 때도, 지금부터 내가 하려는 일을 설명하고 이해를 바랐다면 은거 생활까지 좀 더 시간이 걸렸거나, 최악의 경우 은거 생활을 포기했을 겁니다. 주변을 무시하기 정말 잘했죠.

주변의 의견을 참고할 때도 있지만, 혼자서 결정해야 하는 일까지도 주변의 공감을 얻어서 행동에 나서는 상태라면 위험합니다. 주변의 공감이 행동 기준이 되어버리기 때문입니다. 주변인들도 결국 인간이기에 항상 옳다는 보장은 없습니다. 어차피 누구든지 틀릴 수 있다면 내가 선택하고 틀리는 게 그나마 낫습니다.

저의 부모님은 '너 하고 싶은 대로 살아라' 하고 말했다가 바로 다음 날 '정규직으로 취직해라'라고 하지 않나, 순간 순간 기분에 따라 제각각인지라 '남 일이라고 대충 말하는 것 같은데' 싶을 때가 많았습니다. 그래서 부모님이 하라는 대로 했다가는 인생이 열 번 있어도 모자라겠다는 위기의식이 일찍부터 있었습니다.

부모님은 제가 도쿄로 간다고 선언했을 때도 반대하셨고, 지금도 고향에 방문할 때마다 '언제까지 놀 거냐'며 저를 타이르십니다. 도쿄 생활의 성과로 제 책을 드렸지만, 우리 집에는 책을 읽는 문화가 없습니다. 본가 한구석에는 지금도 제 책이 먼지를 뒤집어쓰고 있죠. '우리 아들이 책을 쓴다'는 의미가 와 닿지 않은 것 같습니다. 어쩌면 부모님이 공감해주는 은거 생활이란 평생 불가능할지도 모릅니다.

돈에 대한 체념에서 빨리 벗어나기

그런데 저는 왜 금전적으로 힘든 생활에서 벗어나는 데 1년 반이나 걸렸을까요?

돈에 대한 막연한 불안이 사라진 지금, 예전의 저를 돌이켜보면 오랜 시간 동안 내 안에 '돈에 대한 체념'이 배양되어 있었음을 깨달았습니다. 그 끝자락에 자리한 것은 '내가 바라는 나의 모습'에 대한 체념이기도 합니다.

우리 세대, 아니 어쩌면 모든 세대가 그럴 수도 있지만 '먹고살려면 이상하다는 생각이 들어도 의문 따위 품지 말고 계속 일해야 한다'는 의식이 그야말로 미성년자일 때부터 박혀 있습니다. 중학생이 되면 '그러다 고등학교에 못 간다'고 잔소리를 듣고, 고등학생이 되면 '그러다 대학에 못 간다'고 잔소리를 듣고, 아마 대학에 가면 '졸업하고 바로 취직 해야지, 공백이 생기면 힘들다'고 잔소리를 듣고, 도대체 무슨 소리인지 알 수 없는 교칙에 묻지도 따지지도 말고 따라야 하고, 이력서와 자기소개서에 하나라도 잘못된 부분이 있다면 처음부터 다시 써야 하고…… 그야말로 이 세상에는 '그렇게 안 하면 세상 살기 힘들다'는 잔소리뿐 '실패해도 사는 데 아무 지장 없어'라고 말해주는 어른은 한 명도 없었습니다.

그래서 저는 도쿄에 오고 나서 1년 반에 걸쳐 누구의 응원도 없이 '진학과 취직 없이도 먹고살 수 있는가'를 하나하나 스스로 확인해야 했습니다. 당연히 외로웠습니다. 주 2일 근무만으로도 최소한의 의식주가 충분히 가능하다는 사실을 직접 실험한 지금, 그 시절 제가 다녔던 학교로 돌아갈 수 있다면 '진학과 취직을 못하면 살기 힘들다는 건 거짓말이야!'라고 교내 방송으로 소리치고 싶습니다.

아무것도 모르는 미성년자 때부터 '살기 힘들다'고 잔소리하는 건 반칙이라고 생각하면서도 정작 직접 확인하지 않은 채 당연하게 받아들인 것의 절반은 제 탓입니다. 비록 금전적으로는 힘들었지만 내가 어떻게 살고 싶은지 고민하지 않은 채 바보처럼 비싼 집세를 내고, 그 집세를 내기 위해 미친 듯이 일하는 것을 '당연하게' 여기면 어떤 의미에서는 편하니까요.

결국 공범 관계였던 겁니다. '스스로 생각하지 않아도 되는 대신 내가 말하는 대로 하면 사회에 수용되게 해주고 네가 있을 장소를 제공해줄게'라고 말하는 사람과 '내 선택을 내가 책임지지 않아도 된다면 그렇게 할게'라고 말하는 사람이 만나서 처음 성립되는 관계인 거죠. 멍청하게도 쉬이 넘어가고 말았습니다.

더 늦기 전에 내 안에 있는 돈이나 내가 바라는 나의 모습에 대한 체념을 포착해야 합니다.

그러려면 직접 확인하지 않은 채 당연히 여기는 것은 없는지, 주의 깊게 살펴봐야겠죠. 당연하게 받아들이는 게 있다면 그것이 옳은 일인지 아닌지 하나하나 파악하고 확인하고 실천을 거듭해야 합니다.

억지로 생활을 바꾸는 게 목적이 아니므로 '꼭 이렇게 살 필요는 없구나'라는 여유를 만약의 경우를 대비해서 내 마음속에 준비해두는 것만으로도 충분합니다. 빠를수록 좋습니다. 습관이란 길면 길어질수록 고치기 어려워지니까요.

저는 저소득 생활을 누군가에게 추천할 마음은 결코 없습니다. 그래도 모두가 '돈을 못 버니까' '나이가 많으니까' '불경기니까' '부모님이나 주변 사람들이 그렇게 말하니까' '그게 당연하니까' 같은 소극적인 체념 때문이 아니라 '내가 바라는 나의 모습'을 위한 적극적인 태도로 매일을 살아가는 사회를 한 번쯤 보고 싶기는 합니다.

분명 엄청난 장관이겠죠.

2장

마음이 편한 생활 만들기

지금까지는 말하자면 준비 단계였습니다. 무엇이 더 좋은 생활인지 냉정하게 판단할 시작점에 서려면 일단 '힘든 장소에서 탈출해야 한다'는 내용이었습니다. 즉, 지금부터가 진짜 시작입니다.

하지만 생활이란 하루아침에 만들 수 없습니다. 제 경우만 보더라도 나만의 생활 방식이 어느 정도 자리를 잡기까지 2년이 걸렸습니다.

2장에서는 제가 교외로 이사한 2010년 12월부터 약 2년 동안 어떻게 은거 생활을 구축했는지, 어떻게 개선해나갔는지, 그리고 각각의 문제에 어떻게 대처했는지 써보겠습니다.

- 나에게 맞는 것은 무엇인가, 맞지 않는 것은 무엇인가?
- 나에게 필요한 것은 무엇인가, 필요하지 않은 것은 무엇인가?
- 그런 것을 어떻게 판단할 수 있는가?
- 그렇게 할 때 어떤 장애물이 예상되는가?
- 행동으로 옮길 때의 마음가짐은 어떠해야 하는가?

이렇듯 나만의 생활 방식을 대강 파악하고 나서는 다음

을 고민합니다.

- 그것을 어떻게 지속할 것인가?
- 아니면 변화를 선택할 것인가?

물론 저의 사례가 은거 생활의 가이드라인은 아닐 겁니다. 읽는 분들이 참고할 만한 알기 쉬운 예를 제시하지도 않을 겁니다(누군가 알기 쉬운 답을 친절하게 제시해준다면 저는 일단 의심하고 보니까요). 대신 당신이 '어떻게 하면 행복할까'를 스스로 생각하고, 발견하고, 또렷한 형태로 만들어가는 과정에서 도움이 될 만한 것을 저의 생활 속에서 골라보았습니다. 혹시라도 참고할 만한 면이 있다면 많이 가져가셔서 나만의 행복을 발견하는 데 마구마구 이용해주시면 좋겠습니다.

만족할 만한 최저 지점을 확인하기

생활이란 것은 몇 년씩, 때로는 몇십 년씩 이어지는 법이죠. 하루하루 변함없이 담담하게 삶을 이어가다 보면 '이렇게 살아도 되는 거였나?' 하고 멈춰 서는 시기가 반드시 찾아오기 마련입니다. 저는 은거 생활 초기에 '어떤 상태라면 만족할 수 있을지' 최소한의 조건을 확인한 덕분에 쓸데없는 불안감과 망설임을 줄일 수 있었습니다. 교외 주택으로 이사해서 조금이나마 마음 편하게 생활한 덕분이었습니다.

거처를 옮기기 전에는 '이렇게 매일같이 일을 하다니, 정작 하고 싶은 일은 하나도 못하네'라며 투덜투덜 불평만 해댔습니다. 그런데 막상 그 상태를 벗어나고 보니 이사를 하면서까지 해보고 싶은 일이 딱히 없다는 사실에 당황했습니다. 왜 일까? 얼마간 생각한 결과 '하고 싶은 일을 못해서 싫었던 게 아니라 하기 싫은 일을 해야 해서 싫었던 거구나'라는 사실을 깨달았습니다. 만족이라는 건 무언가를 해서 얻을 수도 있지만, 무언가를 하지 않을 때 얻을 수도 있구나 싶었습니다. 바쁘게 살다 보면 그런 것을 깨달을 여유도 사라지더군요.

그날 이후, 저는 만족의 최저 지점을 '좋아하는 일을 하고 있는가'가 아니라 '싫은 일을 하지 않아도 되는가'로 판단하고 있습니다.

방법은 간단합니다. 죽어도 싫은 것, 하고 싶지 않은 일을 쭉쭉 적어 내려갑니다. 그중에서도 가장 하기 싫은 일은 무엇일까? 그 일을 하지 않고도 살 수 있는 상태를 최소한의 만족 기준으로 삼습니다. 참고로 제가 가장 싫어했던 일은 '필요하지도 않고, 아무리 생각해도 이해되지 않는 일'이었습니다. 좀 더 넓게 보자면 '누가 무엇을 위해 만들었는지 알 수 없는 규칙에 따르는 일'이라고 할 수 있겠네요.

종종 오해를 사곤 하지만, 저는 일 자체를 싫어하는 게 아닙니다. 주 2일 정도의 노동은 기분 전환이 되어서 오히려 환영하고, 정년과 상관없이 평생 계속하고 싶습니다. 정규직으로 일하더라도 그 일이 행복하다면 언제든지 그렇게 할 겁니다.

죽어도 싫은 것을 적기, 하고 싶지 않은 일을 리스트업하기. 이 방법의 장점은 망설일 필요가 없다는 겁니다. 하고 싶은 일을 생각하면 갖가지 이유로 망설이게 되는데, 하기 싫은 일은 신기하게도 아무런 망설임 없이 적게 되더군요. 왜 망설임이 없을까요. 아마도 '무엇을 하지 않을 것인가'는 외부의 영향을 받지 않기 때문인 것 같습니다.

하고 싶은 일을 고민할 때는 잡념이 떠오릅니다. 다른 사람이 어떤 평가를 내릴지 걱정하고, 내가 정말 해낼 수 있을까 불안해하고, 그 일이 실패할 때를 대비해 변명을 준비하고……. 이사를 마친 후의 제가 딱 그랬습니다. '일만 하느라 하고 싶은 일을 하나도 못했어'라며 셰어하우스 동료에게 불평을 늘어놓았으니 이사를 하고 나서 무엇을 하고 싶은지 대외적으로 설명해야 하는 것 아닐까? 마음 한구석에서 얼마나 고민했던지요.

하지만 저는 그 동료를 만족시키기 위해 사는 것이 아닙니다. 처음부터 '하고 싶은 일'이 아니라 '하기 싫은 일'에 초점을 맞추고 '이렇게까지 일하기는 싫습니다. 그래서 이사하겠습니다!' 그걸로 충분했던 겁니다.

'무엇을 했는지'는 성과라는 측면에서는 알기 쉽지만 '무엇을 하지 않았는지'는 눈에 잘 보이지 않습니다. 다른 사람이 알기도 힘들고요. 다른 사람이 모르면 비판받을 일도 없으니 비판에 대비해서 이론으로 무장하거나 방어선을 칠 필요도 없습니다. 물론 칭찬받을 일도 없어서 잘 보이겠답시고 저의 욕망을 굽힐 필요도 없죠. 쓸데없는 잡념은 벗어던지고, 마음 편히, 솔직하게 생각하면 되는 겁니다.

물론 하고 싶은 일이 많다면 더할 나위 없겠죠. 하지만 하고 싶은 일이 무엇인지 모르겠다면 하기 싫은 일을 통해 나의 만족 기준을 확인하는 것도 방법입니다. 은거 생활을 시작한 뒤로 저는 최소한의 만족 기준을 정기적으로 확인합니다. 불만이 사라진 생활에 감사하다가도 금세 잊어버리곤 하니까요. 가령 저는 어떤 아르바이트든지 2년이 지나면 그만두고 싶어집니다. 똑같은 일이 계속 반복되면 괜히 불만스럽고 더 이상 발전하지 않는 기분이 들죠. 그러다 보니 새로운 일을 시작하는 게 좋겠다는 막연한 불안감에 사로잡힙니다. 어떤 직장이든 나름의 힘든 점이 있다는 것, 지금 다니는 직장이 쓰레기 같은 곳은 아니라는 사실을 보지 못했던 거죠.

지금은 다릅니다. 변화 없는 일상에 이유 없이 초조해지면 어떤 선택을 하더라도 근본적인 문제는 해결되지 않는다는 생각으로 불안의 파도가 잠잠해지기를 기다립니다. 마음이 진정되면 새로운 기분으로 이 일을 정말 그만두고 싶은 게 맞는지 확인합니다. 그러면 대부분 '잘 생각해보니 아무 문제가 없고, 최소한의 만족 기준(하기 싫은 일을 하지 않는 상태)을 잘 유지하고 있네'라며 불안이 가라앉습니다.

우리가 새로운 행동에 나서는 이유는 간단합니다. 그렇게 해야 뭐라도 하는 기분이 들고 현재의 나를 '향상'시키는 듯한 듣기 좋은 말에 눈앞의 불안을 맡기는 것뿐입니다. '현상 유지'도 훌륭한 선택지 중 하나인데 말이죠.

무엇을 할지보다 무엇을 안 할지에 주목해서 만족의 최저 지점을 파악해두면 나중에 망설임이 사라집니다. 마음이 굉장히 편해집니다.

내 힘으로 할 수 있는 일과 할 수 없는 일을 구분하기

필요 이상으로 일하지 않는 생활을 하다 보면 불안해질 때도 있습니다. 그 불안에는 '내 힘으로는 죽어도 안 되는 영역'이 존재하지만, 자세히 들여다보면 '내 힘으로 어떻게든 할 수 있는 영역'도 있는 법입니다. 이 점을 똑똑히 확인해서 '내 힘으로 어떻게든 할 수 있는 영역'에서 최선을 다하고, '죽어도 안 되는 영역'은 깔끔하게 단념하여 불안감을 최소화하는 것도 좋습니다.

우선 건강 문제부터 생각해봅니다. '만약 다치거나 병에

걸리면 어떻게 할까?' 부상이나 질병은 급환이나 자연재해처럼 돌발적이고 불가피한 것도 있습니다. 하지만 생활 습관으로 인한 병이나 사고는 평소에 주의하면 충분히 피할 수 있습니다. 저는 규칙적으로 생활하고 스트레스를 받지 않으려고 합니다. 늦어도 아침 7시에 일어나서 맨손 체조를 하고, 낮에는 한 시간 가량 산책하고, 자기 전에는 요가를 합니다.

삼시세끼도 꼬박꼬박 챙깁니다. 기본적으로 세끼를 모두 직접 조리해서 먹고, 하루에 한 번은 현미밥과 채식을 고수합니다. 눈앞의 손익이 아니라 10년, 20년 장기적 관점에서 가장 경제적이면서도 좀 더 건강한 길을 선택하기 위해 무농약 자연재배 현미를 애용합니다. 오가닉 매장에서 유기농 무농약 채소를 사고, 슈퍼마켓이나 근처 농가 직판장에서 농약을 적게 사용한 채소를 고릅니다. 이런 신선한 재료를 사용해서 배가 60퍼센트 찰 정도의 양을 꼭꼭 씹어서 먹습니다. 여기까지는 제가 할 수 있는 영역입니다. 나머지는 별수 없는 영역이므로 포기합니다. 전문 요리사가 매일 식사를 책임지는 천황도 병에 걸리는 마당에, 아무리 신경 쓴다고 해도 100퍼센트 무병장수할 리 없고 재해로부터 자유로울 수는 없을 테니까요.

일본은 태풍, 지진 등 자연 재해가 자주 발생하는 나라입니다. 다른 나라와 달리 재해를 대비하기 위해 최소 사흘 치 물과 식량을 상비해두기를 권장하곤 합니다. 저는 쌀, 건면, 통조림 등을 보관해두고, 일주일 치 스콘을 한꺼번에 굽는다거나 간단한 음식을 만들어둡니다. 여차하면 취미 삼아 뜯는 나물까지 포함하면 긴급 상황은 극복할 수 있을 겁니다.

특히 제가 은거했던 고쿠분지시는 동네 공원마다 누구

나 이용할 수 있는 공공 수도펌프가 있습니다. 수돗물에 지하수가 포함되어 있지만 마시는 데 지장 없습니다[10]. 살짝 쇠맛이 나지만, 브리타 정수기로 여과하거나 끓이면 완벽하지는 않아도 걱정하지 않을 만큼은 됩니다. 재해 발생은 제가 어찌할 수 없는 일입니다. 더 이상 할 게 없습니다.

당연한 이야기만 잔뜩 늘어놓았네요. 하지만 당연한 걸 알면서도 실천하는 사람은 많지 않습니다. 막연하게 불안해할 것이 아니라 평소에 잘 알아보고 예측하는 것만으로도 불안을 줄일 수 있습니다.

사회나 타인의 '좋아요'를 바라지 않기

6년 동안의 도쿄 은거 생활이 엎어지지 않은 이유는 사회나 타인의 '좋아요'를 바라지 않았기 때문인 것 같습니다.

책을 쓰기 전까지는 누군가 은거 생활에 대해 물어오면

---

10 도쿄도의 수돗물은 서울의 아리수처럼 음용하는 데 전혀 문제가 없다. 고쿠분지시의 경우 수돗물에 지하수가 조금 섞이는데 인체에 무해한 수준이라고 한다.

대답해주는 정도일 뿐 나서서 이야기하지는 않았습니다. 인터넷을 쓸 줄도 몰라서 은거 생활을 주제로 블로그를 개설하겠다는 발상조차 못했습니다.

그러면 무슨 일이 일어나느냐? 아무 일도 일어나지 않습니다! 누가 칭찬해주지도 않지만 욕하지도 않죠. 다른 사람의 말과 행동에 휘둘리지 않고, 저의 '실감'에 따라 더 좋은 생활을 쉽게 만들어갈 수 있습니다. 누군가에게 인정받고 싶어서 은거 생활을 한 것이 아니므로 책이 나오든 나오지 않든 생활에 아무런 변화가 없었던 겁니다.

사회나 타인의 인정을 바라면 어떤 문제가 생길까요?

아마도 점점 스스로 결정하는 힘을 잃지 않을까요. 세상의 기준 없이 내가 어떻게 살고 싶은지 판단하기 어려울 겁니다. 그렇게 되지 않으려면 일단 사회나 타인의 인정이 난무하는 장소에서 벗어나는 것이 좋습니다. 물론 현대 사회에서는 SNS(소셜 네트워크 서비스)가 일상에 깊숙이 침투해 있어서 완벽하게 벗어날 수 없습니다. 그러나 SNS를 하느냐 마느냐는 본질적인 문제가 아닙니다. 라이프 스타일의 근간은 그 무엇도 아닌 '자기 자신의 좋아요'에 의해 유지되어야 합니다.

이쯤에서 질문 하나를 던져보겠습니다. 만약 내일 세상의 가치관이 180도 바뀌어서 나의 라이프 스타일이 유행에 뒤처지거나 비상식적이라고 비난받는다면 어떻게 할 건가요? 지금까지 '좋아요'를 눌러주던 사람들이 하나둘 떠나가고 모두가 나를 외면한다면 어떻게 할 건가요? 그렇게 되어도 지금의 내 모습을 유지할 것인지 자신에게 물어보세요.

주저 없이 '유지하겠다'라고 대답할 수 있다면 괜찮습니다. 세상의 가치관이 아니라 나만의 실감에 따라 만들어진 생활이니까요. 세상의 평가는 몇 년, 아니 심하면 며칠 만에도 바뀔 수 있어서 나에게 도움이 되지 않습니다. 그런 엉성한 토대 위에 나의 소중한 생활을 지으면 위험합니다. 제가 이렇게 책을 쓰게 된 것도 때마침 '슬로우 라이프' 비슷한 흐름이 주목받은 덕분일 뿐이지, 저의 삶의 방식이 사회나 타인에게 인정받았기 때문이 아닙니다. 시대가 만들어낸 환상 정도로 보시면 좋겠습니다. 그래야 외부에 휘둘릴 일이 줄어들고 장기적인 관점으로 보아도 제가 편할 테니까요.

부정적인 감정으로 행동하지 않기

나에게 맞는 좋은 생활을 만드는 데 가장 큰 장벽은 바로 나 자신입니다.

은거 생활을 하다 보면 가끔 자신감이 떨어질 때가 찾아옵니다. 몸이 아플 때 혹은 기분이 처질 때가 그렇습니다. 혼자 사는 집에서 감기로 앓아누워 가뜩이나 많지도 않은 아르바이트를 쉬어야 할 때면 '역시 여차할 때를 대비해서 일도 늘리고 보험도 들어야 하나' '세상의 인정을 목표로 열심히 살아야 하나' 싶어 갑갑해집니다.

하지만 저의 방법은 하나입니다. 그때마다 꾹 참고 결단을 미룹니다. 몸이 아프면 초조함이나 불안감 같은 부정적인 감정이 탄력을 받죠. 그런 감정이 우세해지면 모든 일을 냉정하고 다각적으로 바라볼 수 없고 마음도 다급해져서 무슨 일을 해도 다른 사람에게 피해를 주게 됩니다. 결과적으로 제대로 되는 일이 하나도 없습니다. 불안한 마음에 무언가를 시도해봤자 얻을 수 있는 건 일시적인 안정감뿐입니다. 어둠에 갇히면 힘든 감정이 앞서는 바람에 그 사실을 미처 깨닫지 못하죠. 그건 저도 마찬가지여서 완전히 회복한 뒤에 돌이켜보면 딱히 무언가를 할 필요가 없었다는 사실을 깨닫습니다. 어쩔 수 없이 결단이 필요할 때는 비교적 컨디션이 좋고 긍정적인 마음으로 세상을 바라볼 수 있는 날을 고르는 게 좋습니다.

저의 경험에 따르면 '컨디션이 나쁘다 → 부정적인 감정에 지배당한다 → 지나고 나면 의외로 별일 아니었다'는 패턴은 놀라울 정도로 똑같습니다. 다만 그 불안감이 매번 지나치게 현실적이고 신선한 탓에 저 역시 6년이나 은거 생활을 했는데도 적응되지 않더군요. 제 입으로 말하기 뭐하지만 은거 생활이 여유로워 보여도 마음속에서는 선을 넘지 않도록 늘 긴장을 유지하고 있습니다.

부정적인 감정은 컨디션이 나쁠 때의 불안감과 공포뿐만이 아닙니다. 초조함, 집착, 질투, 증오, 열등감, 허영심, 독점욕, 명예욕, 강박관념 등 여러 가지가 있습니다. 그 감정들에 떠밀려 움직였다가는 이유를 찾을 수 없는 답답함이 따라다닙니다. '좋은' 생활을 누리려면 답답한 시간을 1초라도 줄여야죠. 그래서 저는 '감정 스크리닝'을 합니다. 지금 나는 어떤 감정으로 행동하려는 것인가. 행동하기 전에 늘 점검합니다.

저는 가정형편이 넉넉하지 않아서 낡은 집에 살았습니다. 매번 형의 옷을 물려 입고, 유행하는 게임을 사주지 않는 부모님이 창피했습니다. 그때마다 '부자들은 모두 나쁜 짓을 해서 돈을 버는 거야'라며 답답함을 풀어보았지만, 기분이 나아지기는커녕 찝찝하고 불쾌한 감정이 줄곧 이어졌습니다.

왜일까요. 세상은 그렇게 단순하지 않기 때문입니다. 실제로 저의 부자 친구들은 하나같이 좋은 사람들이었습니다(웃음). 그들은 친구라는 이유만으로도 식사나 여행에 저를 초대해주었습니다. 만화에 나올 법한, 성격이 비뚤어진 놈은 한 명도 없었습니다. 그저 저 혼자 열등감에 시달렸을 뿐입니다.

물론 지금도 부자들이 조세 회피처에 유령 회사를 설립해서 탈세했다는 식의 뉴스를 보고 들으면 반사적으로 "역시 부자들은 약았어"라는 소리가 절로 나옵니다. 이 땅의 부자를 악의 근원으로 보는 시각도 여전히 존재하고요. 하지만 그런 부정적인 감정이 마음 깊은 곳에서 모습을 드러내면 조용히 하던 일을 멈춥니다. 내 안에 자리한 가난에 대한 열등감을 돌아봅니다. 그럼 어떻게 될까요? 아무 일도 일어나지 않습니다. 마음속에 작은 평화와 만족감이 남을 뿐이죠.

이런 저의 성취감이 눈에 보이지도 않고 짜릿한 자극도 없어서 '어쩌라는 거지?' 허무할지도 모르겠습니다. 하지만 잘 살펴보면 씹으면 씹을수록 서서히 스며드는 감칠맛 같은 만족감이 자리합니다. 제가 도쿄에서 6년이나 은거 생활을 지속할 수 있었던 것도 작은 평화와 만족감이 언제나 바탕에 깔려 있었기 때문입니다.

부정적인 감정을 제어하고 행동의 조종간을 남에게 넘기지 말 것. 이 지극히 사소한 원칙을 차곡차곡 쌓는 과정은 나의 행복을 위해 너무 중요합니다. 물론 여전히 실수를 남발하고, 평생 노력해야 할 것투성이지만 '나'를 중심으로 판단하는 일만큼은 포기하지 않을 것입니다.

루틴으로 생활하기

살다보면 당연하게 여겨지는 것들이 있습니다. 사람들의 행동과 사고방식은 시대와 사회의 다수파에 최적화되어 있지요. 내 삶이 다수파와 같으면 편하겠지만, 일주일에 이틀만 일하는 저에겐 해당되지 않습니다. '세상이 당연하게 여기는 생활 스타일'은 경제적으로 맞지 않더군요. 결국 저의 필요에 맞는 방법을 찾아야 했습니다.

비슷한 사례나 롤 모델이 없었기에 행동할 때마다 저의 가치관과 맞는지 비교해야 했습니다. 이게 참 귀찮은 일이더군요. 결국 그 귀찮음을 해소하기 위해 하나둘씩 루틴을 만들게 되었습니다. 가령 이런 겁니다. 매일 하는 일, 예를 들어 반찬 만들기, 운동, 옷 코디, 그에 필요한 물건이나 재료를 어디에서 살 것인지, 청소와 세탁은 일주일에 몇 번 할 것인지…… 매번 판단할 필요가 없는 일들 말이죠.

루틴으로 생활하면 하루하루가 너무 단조롭지 않느냐 묻는 분도 있지만, 일주일에 이틀만 일하는 생활에서도 돌발 상황에 맞닥뜨릴 때가 있습니다. 가만히 있어도 갑작스러운 사고나 질병, 단발적인 일이나 모임에 참석해야 하는 일은 발생하더군요.

이런 일은 루틴으로 해결할 수 없습니다. 그때마다 상황을 고려해서 가장 좋은 해결책을 도출해야 합니다. 그래도 평소에 루틴으로 일상의 번잡한 일을 해결하다 보니 어떠한 돌발 상황에 처해도 침착하게 대응할 수 있었습니다.

어차피 꼭 해야 하는 일이라면 루틴으로 해결하여 최대 효과를 거두는 건 어떨까요. 다음은 제가 어떻게 루틴을 만들었는지, 그리하여 어떻게 효과를 끌어냈고 어떻게 개선해 나갔는지 적어보겠습니다.

루틴이 만들어지는 과정

제 루틴의 일부를 소개하겠습니다. 먼저 매일 먹는 식단을 볼까요.

앞에서도 잠깐 이야기했지만, 도쿄에 살았을 때 저의 아침 메뉴는 수제 스콘이나 식빵, 과즙 100퍼센트 주스였습니다. 점심은 간단한 면류, 저녁은 무농약 현미밥과 국, 한 가지 반찬을 먹었습니다. 식단의 루틴은 제가 식사에 바라는 요소(영양, 건강, 심심풀이, 맛, 저렴한 가격, 합리성, 수고로움)와 저의 상태(나이, 체질 등)와 환경(세대 구성, 경제력, 일, 부엌 설비, 사상)을 바탕으로 시간을 들여 도출한 결과입니다.

물론 처음부터 작정한 건 아니었습니다. 끼니마다 직접 조리해보고 은거 생활에 적합한지 판단하며 자연스레 완성한 것입니다. 반대로 말하자면 처음부터 완벽을 추구하지 않아도 된다는 뜻이죠.

저 역시 도심에서 매일 출근했던 시절에는 나에게 중요한 게 무엇인지 생각할 여유가 없었습니다. 그저 '저렴한 가격'을 기준으로 식재료를 샀습니다. 2010년 12월에 은거 생활을 시작했을 때도 경제적 제약이 따르다 보니 값싼 재료만 사서 반찬을 만들었죠. 상관없습니다. 처음에는 그렇게 시작하면 됩니다. 차츰차츰 적응이 되고, 그러다가 다음 장애물이 등장합니다. 저에겐 '부엌이 좁다'가 그것이었습니다.

제가 사는 집에는 화구가 하나밖에 없어서 한쪽에서 소스를 만들고 다른 한쪽에서 면을 삶아야 하는 파스타처럼 화구가 두 개 이상 필요한 요리나 재료가 많이 들어가는 식단을 줄여나갔습니다. 가급적 끓이거나 구워서 만들 수 있는 쉬운 요리를 설정해놓고 할인하는 식재료를 골라 구입하니 '저렴한 가격'과 '좁은 부엌'이라는 문제를 해결할 수 있었습니다.

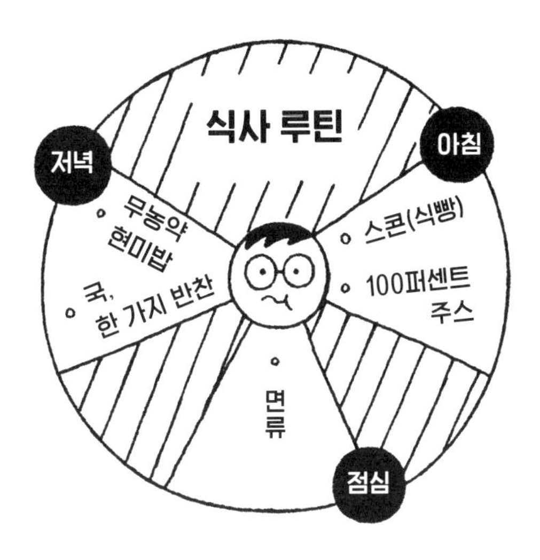

다음은 '수고롭지 않은' 음식이 필요했습니다. 은거 생활에 돌입하고 나서도 경제적 사정으로 매끼를 직접 조리해 먹어야 했기에 그 일에 수고를 들이고 싶지 않았습니다. 마침 제 나이도 20대 후반이 되어 고기가 체질적으로 맞지 않음을 확인하게 되어서 이참에 육식을 그만두었습니다. 카레에는 고기 대신 삶은 콩을 넣고, 볶음밥에도 햄이나 고기가 아닌 어육 소시지를 넣는 등 육류를 대신하는 저렴한 식재료를 사용했습니다. 그러자 기름때가 묻지 않아서 설거지가 편해졌습니다. 세제도 거의 쓰지 않아도 되어서 경제적으로 도움이 되었죠.

이제 저는 1엔이라도 저렴한 매장과 타이밍을 찾아서 몇 군데씩 돌아다니는 일을 하지 않습니다. 저렴한 가격의 식재료는 살 수 있을지 모르지만 싼 것을 찾아다니는 끝없는 피로감을 생각하면 수지가 맞지 않기 때문입니다. 나에게 무엇이 '경제적인가'를 판단하는 시야가 넓어졌다고 할까요. 가령 특정 제품이 저렴하더라도 거기까지 가는 데 걸리는 시간, 교통비, 노력, 무엇보다 혼잡한 할인 시간대에 외출해야 하는 스트레스를 고려하면 그냥 한가한 평일에 근처 단골 가게를 찾아 계산대에 줄을 서지 않고 10분 만에 사고 돌아와 남는 시간에 한 페이지라도 책을 읽는 게 이득이라는 거죠. 매번 사는 물건이 같으니 가격표를 일일이 확인할 필요도 없고요.

이렇게 '저렴한 가격'과 '좁은 부엌', '수고로움 덜기', 그리고 '체질(고기를 많이 못 먹는)'까지 해결되었습니다. 다음은 '건강'입니다.

은거 생활을 시작했을 때 저는 스물다섯 살이었습니다. 앞으로 살날이 더 길었던 거죠. 젊다고 식생활을 소홀히 했다가는 나중에 병에 걸려 치료비가 더 들지도 모를 일입니다. 그럴 바에는 지금 조금 비싼 돈을 들여서라도 몸에 좋은 것을 사서 먹는 게 장기적으로 '건강'하고 '저렴'한 일이라고 판단했습니다.

그래서 몸에 좋은 것은 무엇인지 여러 가지를 알아보았습니다. 그 결과 무농약 현미밥과 채식으로 정착했습니다. 현미는 영양가가 높아서 완전식이라고 불리죠. 반찬을 많이 만들지 않아도 되어서 게으른 저에게 딱이었습니다. 실제로 계속 먹다 보면 특유의 냄새도 느껴지지 않고, 위에도 부담이 없고, 조금만 먹어도 포만감이 느껴져 과식을 피할 수 있습니다. 몸도 가벼워지고 매일 화장실도 잘 갑니다. 고기를 먹으면 찾아오는 성욕이나 짜증도 사그라지는 걸 몸소 느낄 수 있었습니다.

이렇게 '저렴한 가격', '좁은 부엌', '수고로움 덜기', '체질', '건강'까지 손에 넣었습니다. 더 있지만, 끝이 없을 것 같으니 이 정도로 마치겠습니다. 이렇게 하나씩 순서대로 내가 바라는 생활과 부딪치다 보면 나만의 루틴이 모양을 갖춥니다.

식생활의 경우 저는 '어느 정도 완성되었다'고 느끼기까지 2년이 걸렸습니다. 루틴을 만드는 동안 주어진 제한 속에서 내가 원하는 것을 어떻게 얻을 것인지 게임하는 듯해서 재밌었습니다. 하지만 저의 사례를 과신해서는 안 됩니다. 무엇을 선택하든지 일반적인 평가를 무조건 받아들이지 않고 반드시 스스로 확인하는 단계를 거쳐야 합니다. 현미밥과 채식이 건강에 좋다고 하지만 몇 개월에 걸쳐 직접 시험해보고, 내 컨디션과 경제적 사정에 맞춰 지속 여부를 확인해야 합니다. 나중에 괜히 남을 탓하지 않으려면 '내'가 책임지고 선택해야 합니다.

나만의 이상적인 루틴을 완성하고 나면 매번 고민하지 않아도 나에게 맞는 것을 쉽사리 얻을 수 있습니다. 당연히 시간을 아낄 수 있습니다. 쓸데없이 길을 돌아가거나 그른 선택을 하는 일도 확연히 줄어듭니다. 낭비가 줄어들어서 돈도 절약됩니다. 처음 몇 년은 피곤하겠지만 '한 번'이 중요합니다. 다음부터는 편하니까 하루라도 빠르게 루틴을 만드는 게 좋습니다.

루틴 업데이트하기

그렇다고 해서 루틴을 그냥 내버려둬도 되나? 그건 또 아닙니다. 사람의 감정과 환경은 늘 변화해서 낡은 루틴으로는 대처하기 힘든 일이 생깁니다. 정기적으로 루틴을 업데이트해야 합니다. 그 타이밍은 이렇습니다.

① 예전만큼 효과가 발생하지 않을 때
② 내 기준과 기대에 더 부합하는 것을 발견했을 때

① 예전만큼 효과가 발생하지 않을 때

환경은 늘 변합니다. 그 패턴을 보면 아래와 같은 변화가 있습니다.

- 주위 환경의 변화
- 나 자신의 변화

주위 환경의 변화는 늘 샀던 제품이 더 이상 입고되지

않거나, 아예 가게가 폐점하는 경우가 있습니다. 저는 겨울이 오면 무 반찬을 자주 만들어 먹습니다. 그래서 슈퍼마켓에 가면 무를 향해 맹렬히 돌진합니다. 그 밖의 채소는 아무리 할인해도, 사은품으로 준다고 해도 무시합니다. 그런데 어느 시점부터 무 입하 개수가 줄어들고, 가격이 오르더니 급기야 진열대 구석으로 밀려납니다. '어, 무 분위기가 이상한데……' 이런 일이 두세 번 이어져서 매장을 자세히 둘러보면 제철을 맞이해 저렴해진 봄채소가 눈에 띕니다. 양배추나 양파로 갈아탈 타이밍인 거죠.

나 자신의 변화는 컨디션, 기분, 사고방식의 변화가 포함됩니다. 저는 한여름에는 현미밥이 싫어집니다. 가만히 있어도 식욕이 감퇴하는 더운 여름의 절정기에는 식감이 분명하고 포만감이 생기는 음식이 잘 넘어가지 않는 거죠. 그럴 때는 부담 없이 먹을 수 있는 쌀밥으로 바로 바꿉니다. 현미밥이 싫으니 별수 없죠. 최근에는 목식행木食行, 즉 나무 열매나 야생식물만 먹으며 사는 수행에도 관심이 생겼으니 언젠가 현미밥과 채식 습관도 바뀔지 모릅니다.

② 내 기준과 기대에 더 부합하는 것을 발견했을 때

일상을 살아가며 새로운 정보나 아이디어를 접하고, 그게 나의 이상적인 조건에 부합하면 저는 순순히 변경을 검토합니다. 은거 생활을 시작하고 한동안 지하철역 앞에 있는 슈퍼마켓을 자주 갔습니다. 그곳은 언제나 사람이 많아서 계산대 앞에서 기다리는 일이 고역이었습니다.

어느 날 산책하다가 좀 더 가까운 곳에 한적한 슈퍼마켓과 농가의 무인 직판장을 몇 군데 발견한 뒤로는 그곳에서 장을 보게 되었습니다. 무인 직판장은 대체로 슈퍼마켓보다 30~50퍼센트 저렴하고, 당일 아침에 금방 수확한 채소를 팔아서 신선합니다. 게다가 노지 재배라 철이 지난 식재료는 저절로 가판대에서 사라지죠. 편리해서 자주 이용했습니다.

주의할 점은 이렇죠.

- 업데이트 자체를 목적으로 삼지 말 것
- 너무 몰두하지 말 것

· 업데이트 자체를 목적으로 삼지 말 것

나를 둘러싼 환경의 변화는 매번 다릅니다. 시기와 내용도 제각각이죠. 한동안 변화가 보이지 않으면 무리해서 바꾸지 않아도 됩니다. 업데이트를 위해 일부러 새로운 것을 찾을 필요도 없습니다. 저 역시 매일 신경 쓰면서 사는 건 아닙니다. 그냥 내버려두면 '어? 요새 뭔가 이상한데?' 싶을 때가 반드시 옵니다. 그때 수정할지 말지를 검토하면 됩니다.

· 너무 몰두하지 말 것

평소에는 삼시세끼를 만들어 먹는데 가끔 외식을 연달아 해야 할 때도 있습니다. 걱정 마세요. 제 경험상 루틴이 주는 쾌적함이 몸에 익으면 특별한 조치를 하지 않아도 천천히 일상으로 원상 복귀됩니다.

지금까지 루틴의 장점을 적었는데요. 당연히 루틴이 없는 생활도 괜찮습니다. 각자의 가치관이 있을 테니까요. 가령 나는 매일 할인하는 식재료로 반찬을 만들고 싶다는 사람은 굳이 식생활에 루틴을 도입할 필요가 없겠죠. 무리하지 않고 스스로 납득하는 것이 가장 중요합니다.

파악할 수 있는 만큼만 소유하기

저는 옷이든 식기든 책이든 머리로 파악할 수 있는 만큼만 소유합니다. 뭔가 스마트한 이유가 있기 때문은 아닙니다. 그저 게으른 탓입니다.

젊은 독자분들은 이해하지 못하겠지만, 나이를 먹으면 물건을 처분하는 데에도 체력이 필요합니다. 진짜예요. 20대 초반에는 잔뜩 쌓인 옷과 책, CD를 모아서 한꺼번에 처분하는 일이 마치 연례행사 같아서 즐거웠는데, 서른이 가까워지면서 솔직히 귀찮더라고요. 경제력이 있다면 전문 업체에 부탁해서 돈으로 해결하면 되겠지만, 일하기 싫다는 이유로 은거 중인 저로서는 겨우 물건을 처분하기 위해 돈을 쓴다는 게 말이 안 됩니다. 즉, 남겨진 선택지는 '물건을 늘리지 않는 것'뿐입니다.

옷, 식재료, 식기, 책…… 은거 생활 이후 저는 머리로 기억할 수 있을 만큼만 소유하자고 나만의 한도를 설정했습니다. 이렇게 머리로 파악할 수 있는 만큼만 가지면 필요 없는 물건은 하나둘 줄어들고, 자주 사용하는 물건과 정말 소중한 물건만 남습니다.

결단도 빨라집니다. 입을 것과 먹을 것으로 고민하는 일이 사라집니다. 아침 점심 저녁은 이것, 봄 여름 가을 겨울은 이것, 집에서 만들기 어려운 음식은 망설임 없이 외식. 계절마다 옷장을 정리할 필요도 없고, 집에 남아 있는 식재료를 잊은 채 같은 재료를 또 사는 일도 없습니다. 냉장고와 옷 보관함도 늘 여유 있어서 청소도 쉽죠. 이런 상태가 계속되면 쓸데없는 물건은 사지 않고, 당연히 경제적인 부담도 줄어듭니다.

그렇게 노력해도 자신도 모르는 사이에 물건이 증식한다는 분도 있을 겁니다. '파악할 수 있는 만큼만 소유하기'를 행동으로 옮기기 위해 제가 반드시 하는 일이 있습니다. 눈치챘을 수도 있지만, 사기 전에 그 물건을 처분하는 시점을 미리 상상하는 겁니다. 나중에 이 물건을 처분할 때 귀찮을 것 같다, 싶으면 그게 정답입니다. 이걸 사지 않아도 대체 가능한 방법이 있는지 고민하는 순간 구매에 제동이 걸립니다. 이렇듯 조금만 생각해보아도 그렇게 필요하지 않은 것, 사지 않아도 해결할 수 있는 게 많습니다. 결과적으로 물건이 늘어나지 않고, 필요 없는 물건이나 충동구매에 돈을 쓰는 일도 줄어들죠.

물건을 구입할 때만이 아니라 집에 있는 물건을 처분할 때를 미리 고민하는 일도 즐겁습니다. 저에겐 전자 피아노가 있었는데, 이게 좀 무거워서 고민입니다. 나중에 고장 난다면 지인이 운영하는 피아노 가게에 가면 되겠죠. 지금 사용 중인 옷 보관함도 무인양품에서 샀는데, 크기가 커서 대형 쓰레기가 될 가능성이 높습니다. 그래서 다음에 이사를 간다면 종이 상자를 두 개 이어서 조립형 서랍장으로 쓰려고 합니다. 시간이 지나 헐거워지면 접어서 버리면 되고, 새 상자는 근처 가게에서 공짜로 받아오면 되겠죠. 이렇게 미리 생각해두면 예행연습 효과가 있어서 쓸데없이 돈을 쓰지 않게 됩니다.

인간관계 강제로 리셋하기

옷이나 책 같은 물건 외에도 자신도 모르게 증식하는 것이 있습니다. 바로 인간관계입니다. 지나치게 늘어나면 누가 중요한지, 누가 아닌지 우선순위가 헷갈립니다. 그렇다고 연락처를 보면서 한 명씩 곱씹으며 정리하는 과정도 귀찮죠. 누구보다 게으른 제가 인간관계를 강제로 리셋하는 데 가장 효과적이었던 방법은 '휴대전화 해지하기'입니다.

저는 지금까지 두 차례 휴대전화를 포기한 적이 있습니다. 첫 번째는 고등학교를 졸업하고 혼자 있는 게 너무 즐거워서 인간관계를 단절하고 살았던 3년 동안이고, 두 번째는 도쿄로 올라와 은거 생활을 시작하고 책을 쓰기까지의 4년 반입니다. 첫 번째 시기는 본가에 살던 때여서 휴대전화 대신 집에 있는 유선전화를 사용했습니다. 두 번째 시기에는 이사한 집에 인터넷 회선을 깔면서 500엔을 추가해 유선전화를 설치했죠. 본래부터 사교적인 편이 아니어서 사람들과의 만남이 적었는데, 이를 기점으로 주변 사람들이 밀물처럼 빠져나가는 것이 느껴졌습니다.

휴대전화가 있으면 익숙해져서 모르겠지만, 약속을 거절하는 것은 물론이고 연락을 받는 것만으로도, 덧붙이자면 언제 어디서든지 연락이 올 수 있다는 자체가 미묘한 스트레스

거든요. 특히 요리할 때나 이를 닦을 때 전화가 울려서 하던 일을 멈추고 전화를 받았는데 내 사정은 묻지도 않고 다짜고짜 자기 용건만 이야기하는 사람이 있다면 정말 열 받죠. 그런 사람이 저와 가까울 리 없겠죠.

그런데 연락할 때 심리적 장벽이 한 단계 높아져서일까요. 유선전화로 바꿨을 뿐인데 별것도 아닌 일로 전화가 오는 일이 극적으로 줄어들었습니다. 생각해보면 저 역시 유선전화로 전화를 걸 때는 상대방에게 실례가 되지 않도록 첫인사를 미리 준비해두었던 것 같습니다.

이런 장벽을 넘어서까지 연락하는 사람이 먼 훗날까지 내 곁에 남는 사람입니다. 반대로 휴대전화가 없다는 이유로 거리가 멀어진다면 딱 그 정도의 인연인 겁니다. 실제로 오래 인연을 이어오는 친구들은 제가 휴대전화가 있든 없든, 대만에 살든 일본에 살든, 어떤 수단을 취해서라도 연락을 해오고, 도쿄는 물론 전 세계 여러 곳에서 만나곤 합니다. 경험상 내 곁에 남는 사람은 열 명 중 한두 명 정도입니다.

나에게 필요한 사람인지 아닌지 한 명씩 확인하는 일은 방대한 작업인데, 휴대전화를 없애는 것만으로도 저절로 인간관계가 정리된다니…… 이보다 편한 방법이 있을까요?

물론 저처럼 몇 년 단위로 휴대전화가 없으면 문제도 생깁니다. 휴대전화가 없다는 이유만으로 아르바이트 면접에서 냉정하게 잘린 적도 있습니다. 여기에서 주의할 점은 '휴대전화를 없애는 것'이 목적이 아니라는 겁니다. 만약 휴대전화가 없어 생활비도 못 버는 상황이었다면 저도 유연하게 대처했겠죠.

너무 극단적으로 생각하지 마세요. 나에게 정말 소중한

사람이 누구인지 살펴보고, 제한된 시간 속에서 그 사람을 위해 사용할 시간을 더 많이 분배하자 정도의 감각으로도 충분합니다. 이사, 이직, 휴대전화 재계약 같은 타이밍에 맞춰 몇 달만 휴대전화를 해지하면 자연스럽고 쉽게 실천할 수 있습니다. 주변에는 '휴대전화를 잃어버려서 새로 신청하고 기다리다 보니 두 달이 지났네?' 식으로 말하면 되지 않을까요. 휴대전화는 언제든지 살 수 있으니까요. 누가 사라지고 누가 남는지, 차 한 잔 마시며 지켜보는 일도 꽤나 즐거울 겁니다.

타인의 삶을 배우기

6년이나 은거 생활을 했는데도 '이제 됐어. 더 이상 개선할 점이 없겠어'라는 경지에 도달하지는 못했습니다. '문제없음'은 '개선할 여지가 없다'는 뜻이 아니라 지금 상황에 만족하더라도 어느 날 '어, 이게 좋을 것 같은데'라는 아이디어를 만난다는 의미입니다.

어느 날 문득 찾아오는 힌트나 아이디어는 마음만 먹으면 친구와의 대화, TV, 라디오, 버스나 지하철에 걸린 광고,

눈에 보이고 귀에 들리는 모든 것으로부터 배울 수 있습니다. 그중에서도 가장 보편적인 방법은 독서입니다.

우리는 책을 통해 현실에서 만날 수 없는 사람들의 재미있는 경험을 편집과 교정을 거쳐 접합니다. 내가 그 사람을 만나 직접 인터뷰한다고 가정하면 얼마나 많은 시간과 노력이 들까요. 상상조차 할 수 없습니다. 그런 엄청난 성과가 담겨 있는 한 권의 책을 우리는 시간과 장소를 가리지 않고 즐길 수 있습니다. 1천 엔에서 2천 엔 정도면 몇 번이고 읽을 수 있고, 심지어 전기도 필요 없습니다. 가성비 '갑'입니다. 심지어 도서관에 가면 무료로 빌릴 수도 있죠.

다른 사람의 삶을 배우기 위해서는 나와 정반대의 삶을 사는 사람의 책을 읽는 게 도움이 됩니다. 나와 비슷한 생각을 하는 사람이 쓴 책도 재밌지만, 이미 알고 있는 내용이 대부분이고 아무래도 다양한 사고방식에 대처하기 힘듭니다. 나와 전혀 다른 사람의 머릿속에는 내가 알지 못했던 발상이나 깨닫지 못했던 지혜가 가득합니다.

저는 '아날로그적이고 사고방식이 추상적이며 적게 일하는 사람'이므로 '디지털적이고 사고방식이 논리적이며 열심히

일하는 사람'의 책을 고릅니다. 저의 책 『연 수입 90만 엔으로 도쿄 해피 라이프』에 추천사를 써준 호리에 다카후미堀江貴文[11]나 카츠마 카즈요勝間和代[12]의 책을 좋아해서 자주 읽습니다. 최근에는 미래식당 점주 고바야시 세카이小林せかい[13]의 책도 재밌게 읽었습니다.

제가 식사, 쇼핑, 옷 등 생활의 여러 부분에 '효율화'를 도입한 원점에는 이렇게 정반대인 사람들의 발상이 있습니다.

---

11 1972년 후쿠오카에서 태어났다. 일본 IT 업계의 풍운아로 '라이브도어' 대표이사 겸 CEO를 역임했다. 로켓 개발 업체 '인터스텔라 테크놀로지'를 설립해 민간 기업으로는 일본 최초로 우주에 로켓을 쏘아 올리는 데 성공했다. 유료 이메일 매거진 《호리에 다카후미의 블로그에서는 할 수 없는 이야기》와 회원제 커뮤니티 '호리에 다카후미 이노베이션대학교'를 운영하고 있다. 저서로 『진심으로 산다』『다동력』『10년 후 일자리 도감』『가진 돈은 몽땅 써라』 등이 있다.

12 작가, 경제평론가, 공인회계사. 도쿄에서 태어나 게이오대학 상학부를 졸업하고, 와세다대학에서 금융 MBA를 취득했으며, 공인회계사 시험 역사상 최연소인 19세에 자격을 취득했다. 회계, 금융, 저출산, 워크라이프 전문가로 여러 매체에 칼럼을 연재하고 있다. 저서로 『업무 효율을 10배 높이는 지적 생산술』『연봉 10배 올리는 공부법』 등이 있다.

13 도쿄공업대학 수학과를 졸업했다. 일본 IBM과 쿡패드에서 6년 반 동안 엔지니어로 근무했다. 퇴사 후 도쿄 진보초에 12개 좌석의 '미래식당'을 열었다. 매일 바뀌는 정식이라는 한 메뉴, 손님이 앉으면 3초 만에 제공하는 속도, 월말 결산과 사업계획서 공개, 한 끼 알바, 맞춤반찬, 무료 식권 등 독특하면서도 합리적인 시스템으로 일본 요식업계에 새로운 바람을 일으켰다. 저서로 『미래식당으로 오세요』『당신의 보통에 맞추어 드립니다』가 있다.

물론 그 사람을 그대로 따라 하라는 것이 아니라 내 나름대로 선택하고 편집해서 사용하자는 겁니다. 지금 당장은 도움이 되지 않아도 여러 방법을 알아두기만 해도 좋습니다. 아이디어를 보관했다가 언제든지 꺼내어 쓰면 인생의 여러 국면에서 큰 도움이 될 겁니다.

루틴을 검토하는 일이 생활 기술의 업데이트라면, 다른 사람의 삶을 배우는 일은 머리와 마음의 업데이트라고 표현할 수 있겠네요. 새로운 아이디어를 접했을 때 그냥 지나치지 말고 생활에 도입할 수 있는지 검토해보세요. 나에게 최적화된 오리지널 생활 방법을 얻을 수 있을 겁니다.

자기맞춤형 세계 만들기

앞에서 이야기했듯 은거 생활을 시작하고 2년 동안 여러 가지를 내려놓으며 내 세계를 최소화했습니다. 2년 동안 사회에서 당연하게 여기는 것들과 멀어지다 보니 외부의 정보에 현혹될 이유도 없어지고 나에게 딱 맞는 행복의 크기를 파악할 수 있었습니다. 그 결과 '주 2일만 일하면 최소한의 생활비를 벌 수 있다'는 사실을 깨달았고, 기본적으로 그 이상 일하지 않게 되었습니다.

'기본적으로'란 예외도 있다는 뜻입니다. 은거 생활을 시작한 뒤로 주 2일은 개호 일을 하면서 1년에 몇 번은 카페나 갤러리에서 피아노를 치고, 번역이나 작곡을 돕기도 했습니다. 스스로 기획한 일도 있고 친구의 부탁으로 하게 된 일도 있습니다. 돈을 받기도 하고 받지 않기도 했고요. 기왕 한가한 참에 은거 생활에 관한 글을 써보자 마음먹었을 때도 누구의 부탁을 받은 게 아니었습니다. 주 2일 일하면 최소한의 필요한 돈을 벌 수 있음을 알면서도–1년에 손에 꼽을 정도라고는 하지만–더 일했던 이유는 무엇일까요?

저는 '세상의 이치 상 당연하니까' '돈을 벌려면 어쩔 수 없으니까'와 같은 소극적인 이유로 억지로 일하지 않습니다. 일 자체를 즐겁게 여기고 적극적으로 임합니다. 제가 좋아하는 일을 할 때는 그 자체만으로도 즐겁습니다. 일을 하고 있다는 자각이 없고, 돈에 대해 생각하지도 않습니다. '이렇게 즐거우니 돈을 못 받아도 상관없어' 싶습니다(돈을 준다면 사양하지 않고 받겠지만).

실제로 작곡은 뮤지션 친구의 부탁으로 대가 없이 도왔습니다. 재밌을 것 같았거든요. 즐겁다는 이유로 참여했을 뿐인데, 친구의 곡이 인기를 얻으면서 어느샌가 조금이지만 돈을 받게 되었습니다. 내가 좋아하는 일을 자유롭게 하면 돈을 넘어 즐거움이라는 선물을 받는 것 같습니다.

생각해보면 제가 지금 자발적으로 하는 일은 모조리 어렸을 때 주변 사람들이 잔소리를 퍼붓고 눈살을 찌푸렸던 일이네요. 집에서 줄기차게 오르간을 쳤다가 시끄럽다고 가족으로부터 얼마나 잔소리를 들었던지요. 영어 회화를 공부하고 싶은 마음에 해외에서 귀국한 친구나 외국인 선생님을 온종일 쫓아다니기도 했습니다. 주 2일 일하는 은거 생활을 시작했을 때에도 '너 때문에 GDP가 떨어지는 거야'라는 소리를 들어야 했습니다.

대만으로 이주한 뒤 생활비를 벌기 위해 여행 작가로 일할 수 있었던 것도 나 홀로 세계 일주를 다녀온 경험 덕분이었는데, 그 여행조차 부모님은 얼마나 반대하셨는지 모릅니다. 하지만 10년이 지나고 나니 전부 돈이 되고 있네요.

세상을 나에게 맞춰 설계해보세요. 어렸을 때 무엇을 할 때 가장 행복했는지 떠올리면 좋겠습니다. 누구나 한 번쯤은 어떤 일에 열중했다가 혼났던 기억이 있을 겁니다. 여러분이 이 책을 읽고 세상이 당연하다고 말하는 기준을 다시 고민하고, 돈을 위한 노동을 그만두고, 틀에 박히지 않은 나만의 인생을 만들고 싶다면 그 시절의 나에게 물어보세요. 분명 뭔가 알고 있을 겁니다.

지금까지는 내 세계를 최소화하려고 매진해왔습니다. 많은 것을 내려놓자 비로소 필요한 것과 불필요한 것이 명확해졌습니다. 세계의 최소화를 마쳤다면, 다음은 내가 좋아하는 것만 해도 괜찮으니 가끔은 과감하게 자기 맞춤형 설계에 나서보면 어떨까요. 돈이나 세상을 위해서가 아니라 순수하게 그 일을 하는 기쁨을 위해서.

내 삶이 옳다고 생각하지 않기

어떤 삶을 선택하더라도 '그것이 옳은지 아닌지'를 따지는 것은 본질이 아닌 듯합니다. 무엇을 위해 사는가 생각해보면, 저는 적어도 옳음을 위해 살지는 않습니다.

'옳다'는 말 자체는 짧고 쉽지만, 언제 어디서 누가 말하느냐에 따라 내용은 크게 달라집니다. 여러분에게 옳은 것과 전체에 옳은 것이 반드시 일치할 수 없는 법이고, 일본에서 옳은 일이 해외에서는 범죄가 될 수도 있습니다. 지금의 나와 30년 후의 내가 옳다고 느끼는 기준도 분명 다를 테고요.

그렇게 시기와 장소에 따라 쉽사리 변하는 것을 쫓아다니면 금방 지치기 마련입니다. 그래서 저는 제 삶이 '옳은지 아닌지' 판단하지 않기로 했습니다. 물론 '틀려도 괜찮다'는 말은 아니지만요.

'옳다/틀리다'라는 가치관은 상대적입니다. 무언가 옳다는 것을 확인하려면 틀린 대상과 비교할 필요가 있습니다. 어느 한쪽만 갖고는 성립되지 않는 표리일체인 것이죠. 하지만 실질적인 문제는 누구도 틀리지 않은 경우가 많다는 거죠. 그런 상황과 맞닥뜨렸을 때 평소에도 지나치게 옳고 그름을 따지는 사람은 불안감에 사로잡히기 쉽습니다.

'나는 옳다'고 믿고 싶은 마음. 누구도 응원해준 적 없던 은거 생활을 하는 저로서는 이해할 수 있습니다. 특히 마음이 약해질 때는 옳음이라는 것이 상당히 매력적으로 보일 때가 있습니다. 마치 나를 보강해주는 것처럼 느껴지거든요.

그러나 옳음을 증명하려고 틀린 뭔가와 비교할 필요가 있다는 말은 반대로 나의 옳음을 위해 언제나 틀림을 찾아야 함을 의미합니다. 저의 경우를 예로 들면, 은거 생활처럼 적게 벌고 작게 사는 삶에 '옳음'을 추구한다면 결국 그 반대쪽에 자리한 많이 일하고 많이 소비하는 것이 당연한 경제지상주의를 '틀렸다'며 적대시하고 대립해야 합니다. 그렇다고 주 5일 9시부터 6시까지 열심히 일하는 사람이 틀렸냐고 묻는다면 그건 또 아니죠.

내가 옳다는 것은 얼핏 쾌적해 보이지만 사실은 끝없는 고통의 시작일 뿐입니다. 정신적으로 매우 불안정해질 수밖에 없고 행복한 생활에서 멀어질 뿐입니다. 나에게 필요한 것은 누군가와 비교해서 이렇고 저렇고가 아닙니다. 내가 개인적으로 쾌적하다고 느끼는 생활입니다.

내 삶이 옳아야 하는 이유는 무엇인지, 무엇을 위해서 옳아야 하는지 생각할수록 혼란스러워집니다. 내가 은거한다는 사실은 나만 알고 있어도 충분합니다. 그 이상 옳을 필요가 없습니다. 은거 생활이 누군가의 삶보다 훌륭하다고도 열등하다고도 여기지 않습니다. 은거 생활을 다른 사람에게 추천하지도 강요하지도 않습니다. 그저 이렇게 살면 제가 참 편합니다.

여유롭고 작게 사는 것이 열풍처럼 불어오고 있습니다. 자칫 저처럼 생활하는 사람들이 이 생활이 옳다고 주장하거나, 뭔가 의미 있는 일을 하는 듯한 착각을 일으키기 쉬운데요. 시대의 유행이 그런 식으로 흘러가고 있으니 별수 없지만 옳음이나 의미를 몰아붙이는 풍조에 대처하는 가장 편한 방법은 '전부 무시'하는 것입니다.

나의 삶에 옳고 그름의 잣대를 들이대지 말 것. 그러한 판단에서 해방되면 사회나 유행에 휘둘리지 않을 수 있습니다. 다른 사람의 라이프 스타일이 잘못되었다고 탓할 필요도 사라집니다. 매일매일 행복합니다.

변해도 괜찮아

이렇게 은거 생활을 시작한 뒤 2년이 지나고 나만의 생활이 어느 정도 완성되었습니다. 처음 몇 년간은 모든 것이 신선하고 새로운 발견도 많아서 은거 생활을 하고 있다는 사실만으로도 즐거웠습니다. 그러나 시간이 지나면 어떤 벽과 부딪치는 시기가 반드시 찾아옵니다. 한마디로 표현하면 '이 생활을 지속하는 것에 대한 의문'입니다.

살다 보면 형편에 여러 가지 변화가 생깁니다. 내가 처한 상황과 기분은 자연스레 변하죠. 아주 자연스럽고도 건강한 일입니다. 그러나 줄곧 지속해온 것을 바꾸려면 상당한 용기와 에너지가 필요합니다. 특히 몇 년이나 같은 생활을 관철했다면 본인에게 자신감도 붙었을 테고, 그것을 세상에 알린 경우라면 더더욱 그렇겠죠. 몇 년을 투자해서 '나만의 생활'을 완성했는데, 지금 그만두었다가는 나를 잃어버릴 것 같은 기분이 들 겁니다. 하지만 더 이상 내 마음이 그곳에 없다면? 이대로 지속해야 할까요, 멈춰야 할까요?

이 벽과 부딪쳤을 때 '나는 애초에 무엇을 위해 살고 있는가'라는 질문을 떠올려보세요. 또 저를 예로 들어야겠네요. 과연 저는 은거 생활을 하기 위해 사는 걸까요? 제 대답은 'No'입니다. 다시 반복하지만, 저에게 '은거 생활' 혹은 '연수입 90만 엔' '주 2일 근무'는 결과일 뿐, 인생의 목적이 될 수는 없습니다.

저는 '세상이 당연하다고 여기는 것'이나 '나를 고정시키려고 하는 것'으로부터 해방되어 언제나 자유롭고 행복하고 싶다는 근원적인 욕구를 위해 살고 있습니다. 도쿄에서 살았던 6년 동안 저에게 주어진 환경에서 이를 실현하기 위해서는 '은거 생활'이라는 수단이 필요했습니다. 결과적으로 그렇게 된 것뿐입니다.

지금으로부터 3년 후에도 은거 생활을 하고 있을지는 알 수 없습니다. 앞으로 행복하게 살기 위해 조금씩 좋은 형태로 바꿀 필요가 있다고 판단되면 당연히 그렇게 할 겁니다. 이렇게 은거 생활을 해놓고 이렇게 말하는 것은 이상하지만, 라이프 스타일, 연 수입, 어디에 사느냐 등등은 지금까지도, 그리고 앞으로도 어찌 되든 상관없습니다.

미래의 저는 9 to 6, 어쩌면 그보다 더 오래 일할지도 모릅니다. 설령 미래의 사회가 '주 2일 근무가 당연한 이치'가 된다 하더라도(웃음) 내가 행복하다면 괜찮지 않을까요? 재미난 것이 눈앞에 있는데 굳이 '주 2일 근무'를 고집할 필요는 없겠죠.

실제로 순간순간의 행복감에 맞춰서 저의 은거 생활은 차츰 변화하고 있습니다. 처음에는 필요 이상으로 일하는 게 싫어서 주 2일 근무에 정착했지만 '재밌는 일만 하는 거라면 가끔 해도 괜찮은데'라고 생각하기 시작했고요. 제 생활을 SNS에 올려 세상에 공개하자니 귀찮고 싫다 싶었는데, 은거 생활 5년 차에 돌입하니 그것을 기록하는 재미에 들려서 결과적으로 책도 나왔고요. 변함없이 사교성은 좋지 않지만 출판을 계기로 지난 4년 반 동안 사용하지 않았던 휴대전화도 새로 샀습니다. 그리고 이 글을 쓰고 있는 지금은 대만에서 은거 생활을 하고 있습니다. 이 또한 행복하게 살려면 계속 도쿄에서 살 필요는 없구나, 깨달았기 때문입니다.

변하는 것은 나쁜 일이 아닙니다.

물론 억지로 바꿀 필요는 없지만, 이대로 지속해도 될지 고민스럽다면 내가 어떻게 살고 싶었는지 떠올려보세요. 그 중심이 흔들리지 않았다면 상황에 맞춰 내용을 수정하거나 형태를 조정하는 일은 아주 긍정적인 작업입니다. 비슷한 작업을 계속하고 있는데도 행복하지 않다면 과감하게 변화해야 할 시기인지도 모릅니다.

3장

수중의 돈으로 어떻게 살고 싶은가?

원점으로 돌아가서 '돈에 관해 생각한다'는 건 어떤 의미일까요?

돈…… 말은 쉽지만 가장 먼저 무엇을, 어떻게 생각해야 할지 감도 잡히지 않죠. 2010년 12월에 고쿠분지시로 이사했던 시점까지는 저 역시 돈에 관한 구체적인 계획이 전혀 없었습니다. 그야말로 백지 상태였죠.

이사 초기에는 앞으로의 생활에 힌트가 될지도 모른다는 마음에 절약에 관한 책이나 연 수입 늘리는 법(!)에 관한 책, 끌어당김의 법칙을 말하는 책까지 읽어봤는데요…… 그 책들은 재미있었지만 다 읽어도 마음속 '돈'에 대한 감각은 여전히 막연하기만 했습니다.

지금 돌이켜보면 당연한 일이었습니다.

돈과 관계된 책을 독파한들 '애초에 내가 어떻게 살고 싶은지' 모른다면 도움이 될 리 만무하니까요. 책이 아니라 우선 나 자신과 마주했어야 했습니다.

돈을 생각하기에 앞서 2장에서 '내 마음이 편안한 생활'을 열심히 정의했던 것은 이러한 이유 때문입니다. 내가 바라는 나의 모습을 생각하다 보면 '돈'이라는 막연한 문제에 대한 실마리나 방향성을 발견할 수 있습니다. 나의 행복이 무엇인지 알면 그것을 실현하기 위해 어떤 돈(혹은 소비, 노동, 저금, 보험 등)이 필요한지 보일 겁니다.

3장은 제가 은거 생활을 시작한 뒤 약 2년에 걸쳐 나에게 행복한 삶이란 무엇인지 명확히 정의한 이후에 겪은 일입니다. 예전처럼 돈을 '그저 막연하게 필요한 것'이 아니라 '내가 행복하게 살기 위해 필요한 것'으로 재정의하는 과정에서 제가 무엇을 버리고 무엇을 선택했을까요.

지금부터는 '사회통념상의 돈'을 보는 법이 아니라 '내가 행복하게 살기 위해 필요한 돈'을 보는 법에 대해 제 나름대로 생각하고 판단한 내용에 초점을 맞춰서 써보겠습니다. 물론 이것은 절대적인 정답도 아니고 유일한 방법도 아닙니다. 다만 '내가 어떻게 살고 싶은지'에 맞춰서 돈을 재정의하고 싶다면 이 프로세스는 반드시 경험하게 될 겁니다. 그 일례로써 참고가 되는 부분이 있다면 좋겠네요.

매달 지출을 파악하기

쾌적한 은거 생활을 하려면 경제적 불안은 되도록 줄이는 것이 좋겠죠. 하지만 불안감 때문에 돈을 생각하면 선입견이 생길 수밖에 없어서 실제로 필요한 금액보다 많은 예산을 잡는 등 결코 중립적인 시선으로 돈을 볼 수가 없습니다.

인간은 보이지 않는 것, 잘 모르는 것을 불안해하는 생물입니다. 그 불안을 최소화하기 위해 일단 내가 살아가는 데 정확히 돈이 얼마나 드는지 파악하는 것부터 시작해야 합니다.

이것은 2장 '파악할 수 있는 만큼만 소유하기'의 돈 버전이라고 보면 되는데, 매월 지출 역시 '내가 파악할 수 있는 만큼만' 한도를 정하는 겁니다. 매일 1엔 단위로 가계부를 쓰는 건 귀찮으니 대충, 되도록 스트레스 없이, 편하게 파악하면 좋겠죠. 이 부분은 생활을 루틴으로 돌렸더니 자연스레 해결되더군요. 보통은 매월 지출이 일정하지 않으니 가계부를 써야만 파악이 가능한 겁니다. 애초에 매월 지출을 일정하게 만들어두면 가계부를 쓰지 않아도 금방 파악됩니다. 이 방법을 쓰면 매달 집세를 송금할 때 한 번씩 통장을 확인하기만 해도 부자연스러운 수치의 변화를 바로 알 수 있습니다.

지출은 적을수록 파악하기 쉬우므로 관리의 번거로움을 생각하면 쓸데없는 돈이 드는 상품에 가입하거나 계약할 때도 자연스레 제동이 걸립니다. 이렇게 지출 파악을 가로막는 장벽을 크게 낮추면 지속하기도 굉장히 쉬워지죠.

제 경우 매월 반드시 빠져나가는 금액은 집세, 수도세, 전기세, 가스비, 통신비, 국민건강보험료인데 합쳐서 대략 4만 5천 엔 정도였습니다. 이 정도는 암산할 수 있고 머릿속에서 관리가 가능한 수준입니다.

여기에 식비와 교통비, 여가비 등을 생활비로 잡고, 한 번에 인출하는 금액도 9천 엔으로 설정했습니다. 루틴에 따라 생활하면 인출 횟수도 매달 두세 번으로 일정해지고, 뭔가 변화가 생기면 바로 티가 나서 대처하기도 쉬워집니다. 취미 삼아 당일치기로 다녀오는 온천이나 외식하는 가게도 몇 군데 정해놓고 번갈아 다녔습니다. 그렇게 해야 지출을 예상할 수 있고 일정해지기 때문이죠.

매월 지출이 대충 비슷해지면 '이번 달에 돈이 없는데 어디에 썼는지 모르겠다' 하는 일이 사라집니다. 정신적으로도 매우 편해지죠. 내가 살아가는 데 매달 어느 정도 돈이 드는지 파악하지 않는(=예상도 못하는) 상태가 스트레스가 되는 것은 수입이 많고 적고의 문제가 아닌 듯합니다.

참고로 한 번에 인출하는 금액을 9천 엔으로 정한 것에 딱히 깊은 뜻이 있지는 않지만, 지폐가 많아야 지갑도 든든해 보이니까요(궁상맞은 이유죠, 죄송합니다).

지출을 일정하게 만들어서 관리하기 쉽게 만들려면 일단 생활 루틴을 설정하는 것. 이것이 게으른 성격에도 큰 어려움 없이 지출을 파악할 수 있었던 이유였습니다.

최저생활비 확인하기

지출을 잘 파악한 다음에는 여유가 있을 때 '최저생활비(최소한으로 어느 정도 돈이 있으면 살 수 있는지)'를 확인해두면 좋습니다.

한 번만 파악해두면 매달 평균 지출과는 별개로 살아가는 데 필요한 돈의 양이 숫자로 명확히 보이기 때문에 쓸데없는 불안감을 제어할 수 있습니다. 머릿속에서 예상하기만 해

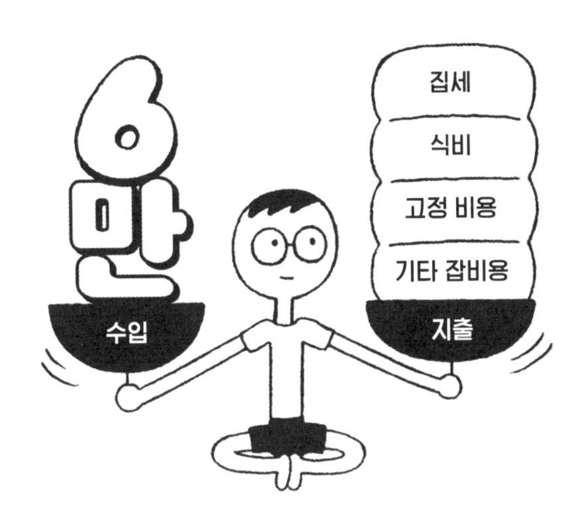

도 충분하지만, 실제로 실험해보고 확인하는 것이 훨씬 효과적이겠죠.

저는 은거 생활을 한 이후로 집세를 포함한 전체 생활비를 매달 7만 엔 정도로 유지했습니다. 여기에는 매달 한 번씩 다녀오는 당일치기 온천 여행이나 카페, 식당에서 쓰는 외식비도 포함되므로 이것을 최소생활비라고 할 수는 없죠. 하지만 원래 낭비하는 스타일이 아닌지라 굳이 확인하지 않고도 예측할 수 있으니 안 하고 있던 것인데, 2월처럼 급여가 적을 때는 살짝 불안해질 때도 있어서 시험 삼아 확인해봤습니다.

포인트는 '갖고 싶은 것'이 아니라 '필요한 것'에만 돈을 쓰는 것입니다.

긴축 재정을 실시한다면 매달 한 번 가는 온천 여행과 외식을 바로 잘라내겠죠. 그러면 고쿠분지 집에서는 최대한 줄여서 6만 엔이면 인간의 존엄성을 잃지 않을 정도로 어떻게든 살아갈 수 있다는 뜻입니다. 대강 정리해보자면,

- 집세 2만 8천 엔, 관리비 1천 5백 엔
- 식비 1만 엔
- 고정 비용(수도광열비, 통신비) 합쳐서 1만 5천 엔 이하
- 기타 잡비용 5천 엔
- 합계 5만 9천 5백 엔

다만 이건 2만 8천 엔짜리 주택이라는 조건에서 산출된 숫자입니다. 저는 인터넷으로 초저렴 매물을 검색하는 취미가 있어서, 도쿄 도내에서도 조금 더 서쪽의 교외 지역(하치오지 등)으로 이사하면 집세 최저가를 갱신할 수 있다는 사실을

알았습니다. 전에 히노[14]에 욕조와 화장실이 딸린 1만 7천 엔짜리 원룸 주택을 찾은 적도 있습니다. '지금보다 더 하위 조건이 있다' '아직 괜찮다'는 것을 알았기에 여유로운 은거 생활을 할 수 있었습니다.

여기서 중요한 점은 내가 돈이 얼마 있어야 최소한 살아갈 수 있는지 확인하는 것이지, 간당간당하게 생활을 지속하자는 것이 아닙니다. 저도 한 번 확인한 뒤로 매달 한 번의 온천 여행과 즐거운 외식을 부활시켰습니다.

최저생활비를 통해 몇 시간 일하면 되는지 역산하기

6만 엔이면 최소한으로 살 수 있다는 걸 알았으니 그 돈을 벌기 위해 어느 정도 일하면 되는지 현재 시급으로 역산할 수 있죠. 저는 개호 일을 주 2회 하면 대체로 월 6만 엔은 벌 수 있었습니다. 주 1회가 되면 너무 적고, 주 3회가 되면 여가 활동에 쓸 시간이 줄어듭니다.

14 日野, 고쿠분지보다 조금 더 서쪽에 있는 시

최저생활비에서 노동량을 역산하면 경제적인 불안이 줄어드는 것은 물론 '그 이상으로 일할지 말지 스스로 결정할 자유가 생긴다'는 장점이 생깁니다. 이것이 최대 혜택일 수도 있습니다.

월 6만 엔까지 벌고 나면 그 이상은 하기 싫은 일이라면 바로 거절할 수 있고, 반대로 '한가한데 일이나 해볼까'라는 여유가 생기죠. 재밌을 것 같은 일만 골라 하는 것도 전부 내 자유입니다. 저는 '개호 일은 하기 싫으면 언제든지 그만둘 수 있어'라고 생각했을 뿐인데도 정신적으로 상당히 여유가 생겼습니다. 허리가 아파서 쉰다고 해도 한 달에 6만 엔만 채우면 되니 당황할 필요가 없습니다.

수입을 기준으로 생활수준을 정하면 수입이 변화할 때마다 생활수준도 오르락내리락할 수밖에 없습니다. 그래서 저는 최저생활비에서 수입(일하는 양)을 역산하는 게 훨씬 합리적이라고 판단합니다. 예상만큼 생활에 돈이 들지 않는다는 사실을 인식하는 건 경제적 불안을 크게 줄여주지요.

그 이상부터는 마음먹기 나름입니다. 일해도 좋고 안 해도 좋고. 이 자유는 억지로 일해서 버는 돈보다 훨씬 가치 있습니다.

세금과 연금을 최우선 사항으로 보지 않기

필요 이상으로 일하지 않는 생활을 선택했을 때 아마도 가장 걱정되는 것은 세금과 연금일 겁니다.

저는 은거 생활을 하고 난 뒤 연 수입이 백만 엔 이하였기 때문에 소득세와 주민세가 면제였습니다. 국민건강보험료는 발생했지만, 그래도 연간 1만 2천 엔이었습니다.

연금은 저소득일 경우 면제를 신청할 수 있습니다. 기준은 비공개라고 하는데, 연금사무소[15] 심사 등을 거쳐서 통과하면 전액에서 4분의 1까지 면제를 받을 수 있습니다. 저는 전액 면제였습니다.

왜 굳이 면제를 신청했느냐 하면 언젠가 납부할 생각이 있기 때문입니다. 면제를 신청하지 않으면 연금은 일반적으

---

15 일본연금기구의 각 지역 사무소. 일본연금기구는 한국의 국민연금공단과 비슷한 성격의 업무를 하는 특수법인이다.

로 2년 기한이 지난 뒤 납부가 불가능해지는데[16], 면제 신청을 해두면 후납할 수 있습니다(2018년 6월 기준). 수입이 불안정한 개인사업자는 그렇게 한다고 들었는데, 돈에 여유가 있을 때 납부하려는 겁니다.

연금이나 세금 이야기를 하자니 역시나 '내가 무엇을 위해 사는가'가 떠오릅니다. 저는 세금을 내기 위해 살지는 않고 안 내려고 목숨을 걸지도 않습니다. 매일 즐겁고 후회 없이 사는 것이 가장 중요하죠. 낼 수 있으면 내고, 못 내는 기간이 있어도 상관없습니다.

물론 매달 빠짐없이 세금을 내는 것이 이상적이겠지만, 저는 전체적인 관점에서 보기 때문에 딱히 조급하지도 않습니다. 애초에 인생의 목표가 그것도 아니고요.

참고로 이 책에서는 2016년 9월까지 있었던 일을 쓰고 있는데, 여기서는 현재 시점의 이야기도 살짝 언급하겠습니다. 2017년에는 책 수입 같은 것도 더해져서 몇 년 만에 소득세와 주민세, 연금을 낼 수 있었습니다. 주 2회 하는 개호 일

16 수급 대상에서 제외되거나 그동안 납부한 연금이 인정되지 않는 경우가 있다.

이외에 일해서 번 수입은 '하든 말든 내 자유'로 선택한 여가 활동이 운 좋게 소소한 돈이 된 셈입니다.

집세가 비싼 도심에 살며 억지로 일해서 납부한 세금은 마치 나만 손해를 보는 것 같고 불공평하다고만 느꼈는데, 은거 생활을 시작한 뒤 자발적으로 일해서 번 돈으로 세금을 내니 마음에 더 여유가 생긴 느낌이 들었습니다. 납부하든 하지 않든, 세금 때문에 내 기본적인 행복이 좌지우지되지 않는 방법이 있다는 것은 예상 밖의 발견이었습니다.

앞으로 상황이 어떻게 전개될지는 모르겠습니다. 하지만 앞으로도 세금이나 연금을 납부하는 것이 인생의 최우선 사항이 되는 일은 없을 겁니다. 어쩌면 내년에는 제가 돈이 안 되는 일에 재미를 느낄 수도 있고, 여가 활동을 해도 예상만큼 돈을 벌어들이지는 못할 수도 있습니다. 그래도 어쩌면 제가 죽을 때, 그동안 낸 세금 총액이 남들보다 많을 가능성도 충분히 있겠다, 생각하면 그것도 나쁘지 않은 것 같습니다.

돈을 쓰지 않고도 내가 할 수 있는 일을 늘리기

일상에는 돈으로 해결할 수 있는 일이 많습니다.

시간이 없고 돈에 여유가 있는 사람은 그래도 되겠지만, 저는 반대로 경제적인 여유는 없어도 시간적 여유는 넘쳐흐르기 때문에 제가 할 수 있는 일은 최대한 직접 했습니다. 제 평소 생활을 돌아보면 밥을 해서 먹는 것은 물론이고 그 외에도 여러 가지 일을 스스로 해치웠습니다.

· 자전거 펑크 수리

간단한 펑크 수리 정도는 제가 처리했습니다. 홈 센터[17] 같은 곳에 가면 자전거 펑크 수리 키트를 살 수 있습니다. 타이어 속 튜브를 꺼내고 물 양동이에 집어넣어서 어디에 구멍이 났는지 확인하고 접착제로 구멍을 막는 작업이 제법 즐겁습니다. 물론 타이어가 낡아서 교환이 필요해지면 당연히 자전거 수리점에 가져갔습니다.

---

17 DIY나 홈 인테리어 재료 전문점.

· 이발

도심에 살았을 때는 집 근처 미용실에서 커트 모델을 했습니다. 미용실에서는 자주 커트나 염색 모델이 되어줄 사람을 찾습니다. 대부분 영업시간 후에 가서 신입 디자이너의 연습 대상이 되어주었는데, 커트는 무료 혹은 아주 저렴한 가격에 시술받았고 추가 요금은 재료비만 내면 되었죠.

이것만으로도 충분한데, 저는 특이한 기교를 낸 머리나 스타일에는 관심이 없고, 안 친한 사람과 이야기하는 것이 어색하고, 제가 원할 때 아무 데서나 이발을 할 수 있지도 않아서 결국 바리캉을 사서 직접 머리를 깎았습니다. 처음에는 익숙하지 않아 실패도 했지만 점점 제 머리 형태에 맞는 스타일과 길이를 찾았고 머리카락이 얼마나 자라는지도 알게 되었습니다.

제가 쓰는 바리캉은 네 단계로 길이 조절이 가능해서 측면과 뒷덜미는 1센티미터, 다른 곳은 4센티미터로 자릅니다. 저는 옆머리가 빨리 자라는 편이라서 짧게 자르는 게 낫더군요. 위로는 계속 자라도 크게 실루엣 변화가 없기 때문에 적당히 길어도 상관없습니다. 3밀리미터짜리 부속 날을 끼워서 수염도 짧게 자릅니다. 이렇게 하니 면도기와 면도 크림을 살 필요가 없어졌죠.

머리 형태가 정해져 있으면 매번 어떤 스타일을 할지 고민하지 않아도 되고 거기에 맞춰서 옷 스타일을 바꿀 필요도 없습니다. 미용실 사정에 구애받지 않고 원할 때 언제든지 집에서 깎을 수 있어 아주 편리합니다.

· **세탁**

세탁비도 무시하기 어렵죠. 저는 티셔츠나 청바지 같은 평상복은 물론이고 겨울옷도 손세탁이 가능한 것으로만 삽니다. 집에서 빨 수 없는 옷은 피했습니다.

매년 물이 반가워지는 여름이면 욕실에서 더플코트나 목도리 같은 것을 빨았습니다. 욕조에 비누를 푼 물을 채우고 잠시 담가두었다가 손빨래를 합니다. 물을 한 번 갈아준 뒤 다시 한 번 빨고 헹궈줍니다. 물기를 털고 발로 밟아서 탈

수한 뒤 잘 펴고 수건으로 감싸서 평평하고 그늘진 곳에서 잘 말려줍니다. 이렇게 쉽게 세탁비를 아낄 수 있습니다.

돈에 의존하지 않고도 스스로 할 수 있는 일이 늘어나면 돈이 없다는 불안감과 공포심이 한층 완화됩니다. 내가 움직인 만큼 돈이 남는 것이 눈에 보이죠. 그러면 반대로 무조건 내가 안 해도 된다는 심적 여유가 생기면서 돈을 쓰느냐 마느냐 역시 내 자유로 결정할 수 있는 상태가 됩니다.

평소에도 절약하는 습관이 있기에 비가 오는 날 굳이 자전거로 통근하지 않아도 되니 돈 걱정 없이 전철을 탈 수 있습니다. 가끔은 저는 하는 일 없이 앉아 있을 뿐인데 목적지까지 태워주는 교통수단에 감사함도 느낍니다.

제 생활의 이런 부분은 경제적인 제약 때문에 어쩔 수 없이 시작됐습니다. 하지만 결과적으로 금전적으로도 정신적으로도 자유로워진 것은 생각지도 못한 수확이었습니다.

저축에 관해

일상생활에서 스스로 할 수 있는 일을 늘려 돈에 대한 의존도를 줄였다고 해서 저축이 아예 없어도 된다는 말은 아닙니다. 예측할 수 없는 사태에 대비해서 어느 정도 저축은 당연히 필요합니다. 저도 적긴 해도 저축한 돈이 있었기에 부담 없이 은거 생활을 즐겼습니다.

경제적인 불안을 줄이는 방법이 여러 가지 있다면 그중 하나가 아니라, 할 수 있는 것은 전부 선택하면 됩니다.

그럼 어느 정도 금액을 저축하면 될까요?

앞서 확인한 최저생활비를 기준으로 잡으면 쉽습니다. 저는 한 달에 6만 엔이면 충분했죠.

몇 개월 치를 저축하느냐에 관해서는 예측할 수 없는 사태의 내용에 따라 다를 수 있습니다. 말 그대로 예측할 수 없기에 모든 사태에 대비하기란 어렵습니다. 일단 요즘 세상에 현실적으로 일어날 수 있는 일을 아무거나 하나만 상상해봅시다. 예를 들면 갑자기 아르바이트 하던 가게가 망해서 수입이 끊기는 상황을 생각해볼까요.

과거의 경험을 되돌아보면, 새로운 아르바이트를 찾고 면접을 보고 합격해서 일을 시작하기까지 저는 최소 일주일, 평균적으로는 3, 4주 걸렸습니다. 잘되면 두 달째부터는 일을 시작했고, 석 달째에 첫 급여가 들어왔죠. 다만 첫 달은 수습 기간이라 시급도 낮고 본격적인 일은 다음 달부터 착수하는 경우가 많습니다. 해고된 뒤 넉 달이 되어야 수입이 정상화된다는 뜻이죠. 그러면 최저생활비 넉 달 치, 하지만 너무 간당간당하면 무서우니까 반년 치의 저축이 있으면 좋을 것 같습니다. 그러면 6만 엔×6개월로 계산해서 36만 엔.

이런 식으로 대충 정했는데, 6년 동안 도쿄에서 은거 생활을 하는 동안에는 반년 치의 저축만으로도 어려움이 전혀 없었습니다.

나에게 필요한 금액이 얼마인지 분명하면 쓸데없이 불안해지지 않습니다. 최저생활비가 적으면 적을수록 대비할 돈을 모으기도 쉬우므로 평소에 돈이 들지 않는 생활을 꾸리는 것이 최고입니다. 아무튼 욕심을 부리자면 한도 끝도 없으니 내가 모아야 할 저축 한도는 여기까지라고 정하면 그다음은 어쩔 수 없다고 잘라내야 합니다.

그러면 어떻게 저축했느냐? 사실 저축하려고 각별히 노력한 적은 없습니다. 그래서 비법은 없지만, 저축은 '그냥' 남는 돈을 모으는 것이 가장 스트레스도 없고 편한 방법이었습니다.

저축을 위해 특별한 일을 한 적은 없고 그저 저의 쾌적한 생활 방법이 정해지고 난 뒤로 남는 돈이 저절로 저축되어 소소하게 늘어났습니다. 비정기적으로 개호 일을 하는 동료의 대타를 해서 임시 수입이 생기곤 하는데, 지금까지 설명한 생활이 몸에 익고 나면 임시 수입이 생긴다고 해서 갑자기 지출이 늘지는 않으니 그 돈을 모으면 됩니다.

제 저축에 비결을 굳이 꼽자면 저축을 목표로 할 것이 아니라 먼저 나에게 잘 맞는 생활을 추구하는 것. 그것이 완성되고 나면 뭔가를 희생하거나 참지 않고도 생활의 부산물로써 돈이 쌓입니다. 목표 저축이 아니라 '결과 저축'이라고 표현하면 좋겠네요.

보험은 따로 들지 않기

도쿄에서 은거 생활을 했던 6년 동안 민간 보험은 하나도 가입하지 않았습니다.

물론 처음에는 다치거나 병에 걸렸을 때를 대비해서 보험이 없으면 살기 힘들지 않을까 고민했지만, 과연 정말 살기 힘든지 여러 가지 사례를 조사해봤습니다.

가령 병에 걸려 치료비가 100만 엔 든다고 가정해보겠습니다.

우선 일본에는 국민건강보험이 있고 저도 가입되어 있으니 의료비의 30퍼센트만 부담하면 치료받을 수 있습니다. 즉, 저는 30만 엔만 부담하면 되죠. 30만 엔이면 제 저축을 거의 다 털어야 합니다. 의료비를 내고 나면 그 후에 생활이 힘들겠죠.

그래서 고액요양비제도[18]를 활용하기로 했습니다.

이 제도는 표준보수월액이라는 소득 구분에 따라 자기부

---

18 한국 건강보험의 본인부담상한제와 같은 제도.

담한도액이 정해져 있어서 그 기준을 초과하는 액수의 치료비를 나중에 환급받을 수 있는 시스템입니다.

도쿄에 살았을 때 저의 월수입은 7~8만 엔이었기에 소득 기준은 '저소득자'이자, 나이로는 '70세 미만'의 구분에 해당됩니다. 이 경우 자기부담한도액은 3만 5천 4백 엔입니다. 이 정도면 은거 생활로 인해 저축은 얼마 안 되지만, 민간 보험에 가입하지 않아도 사는 데 큰 어려움은 없을 것 같습니다.

다만 동일한 월(1일~말일)에 청구된 의료비가 인정되므로, 입원이나 통원이 두 달에 걸쳐 발생하면 두 달 치의 자기부담액을 내야 합니다. 또한 이용할 때는 구청에 접수해야 하고, 환급받기까지 심사를 거쳐 3개월 정도 기다려야 하기 때문에, 그동안 생활비가 모자라면 또 다른 융자 제도를 이용해야 할 수도 있습니다.

긴급한 상황에 당장 치료비가 없어도 일단 치료를 받고 충분한 지원을 받을 것이라면 민간 보험만한 대비책이 없겠지만, 저에겐 그런 사치를 부릴 만한 수입이 없습니다. 하지만 공적 보험만으로도, 그런 방책이 있음을 알아두는 것만으로도 마음은 훨씬 편해지죠.

그렇다고 해서 매일 술을 퍼마시고 몸을 망쳐도 보험을 활용하면 그만이라고 생각하지는 않습니다. 스스로 노력해서 유지할 수 있는 건강은 알아서 지킨다는 것이 기본 전제입니다.

살기 힘들 것 같다는 불안감이 사실인지 아닌지 가끔 의심해볼 필요도 있습니다.

※ 숫자나 소득 구분은 2018년 6월 기준입니다. '고액요양비 제도'에 관해서는 제가 최근 몇 년 동안 관찰해본 결과, 구분이 더 다양해져서 저소득자의 자기부담액이 더 내려갔습니다. 감사한 일이죠.

국가와 부모에 손 벌리지 말기

저소득 생활을 하다 보면 납부할 세금이 줄어들고 어찌 보면 세금이 저에게 쓰이는 경우가 더 많으니 결국 자존심을 지키기 어렵고 자기비하에 빠지기 쉽습니다. '내가 살 가치가 있는 인간인가' 그런 기분이 들 때도 자주 있습니다. 하지만 수입이 적어도 자존심을 지키면서 밝게 사는 것은 참 중요한 부분인 듯합니다.

제가 도쿄에서 살았던 6년 동안 그게 가능했던 이유는 국가와 부모에 손을 벌리지 않았기 때문입니다. 적지만 내가 번 돈으로 밥을 먹고 내가 번 돈으로 놀았죠.

아주 단순하지만, 같은 7만 엔으로 한 달을 살아도 남에게 받은 7만 엔이 아니라 내 손으로 번 7만 엔이라는 사실이 밝은 저소득 생활의 버팀목이 되어주었습니다. 경제적으로 자립하여 살면서 얻을 수 있는 자존심은 돈으로 살 수 없는 감사한 가치죠.

저는 단 한 번도 어린 시절로 돌아가고 싶다고 생각해본 적이 없습니다. 모든 것을 내가 결정하는 긴장감이 있는 지금이 더 즐겁기 때문입니다. 부모님이 자식을 보살펴주시는 동안에는 일하지 않아도 괜찮겠지만, 그 대신 부모님이 허용해주는 자유밖에 가질 수 없죠. 뭘 살지, 어디서 살지, 누구와 만날지, 그런 것을 아무리 부모님일지라도 타인에게 간섭받는 일은 갑갑합니다. 지금 저는 자유롭고 즐겁습니다.

국가와 부모의 힘을 빌리지 않는 게 무조건 대단하고 당연하다는 말은 아닙니다. 극도로 힘든 상황에서도 절대로 손을 벌리지 말란 이야기도 아니고요.

자립해서 나만의 생활을 액면 이상의 가치가 있는 것으로 만들 수 있다면 안 할 이유가 없습니다. 그 만족감과 감사함은 남이 주는 돈으로 살았더라면 절대 체감할 수 없었겠죠. 어디까지나 나 자신을 위해서 그렇게 했고 좋은 선택이었다는 이야기입니다.

지금 당장 완벽하게 살지 않아도 괜찮습니다. 지금 내가 처한 환경에서 할 수 있는 일이 무엇인지 고려해보고 그런 일을 하나씩 늘려가는 것. 수입이 적어도 자존심을 잃지 않고 밝게 살기 위해 이것을 기억해두면 절대 손해 볼 일은 없을 겁니다.

자유와 행복을 돈에 맡기지 않기

저는 은거 생활을 시작한 뒤로 해외여행 같은 사치스러운 소비 활동과는 거의 연이 없이 지내고 있습니다.

예전에는 배낭 하나 메고 전 세계를 돌며 일도 하고 여행도 했기 때문에 그 시절과 지금을 비교하면 분명 자유롭지 못한 생활로 보일 수도 있지만, 막상 은거 생활을 하고 보니 의외로 자유도 있었습니다.

자기합리화로 하는 말이 아닙니다. 물론 은거 생활을 하는 동안 세계 일주에 나설 만한 돈은 없었지만, 경제적인 자유에서 방치되고 보니 자유가 꼭 돈을 통해 누리는 것만 의미하지는 않음을 깨달았던 겁니다.

일반적으로는 쓸 수 있는 돈이 많아서 사고 싶은 것을 다 살 수 있고, 가고 싶은 곳에 다 갈 수 있는 것을 자유라고 여기는 듯합니다. 저 역시 그것은 자유라고 볼 만하다고 생각합니다.

이 자유의 특징은 돈이 필요하므로 돈이 있고 없고에 좌우됩니다. 돈이 있는 동안에는 괜찮지만, 정작 자유를 얻기 위한 돈이 사라지면 즉각 자유를 잃게 되죠.

한편 은거 생활을 하면 사고 싶은 것을 다 살 수 없고 가고 싶은 곳에 다 갈 수 없습니다. 경제적으로 못하는 일이 더 많으니 너무나도 자유롭지 못해 보일 겁니다. 그런데 실제로는 하루하루가 행복했습니다. 왜냐하면 은거 생활 속에서 즐길 거리를 돈에 의존하지 않는 방법을 익혔기 때문인 것 같습니다.

예를 들어 저는 아침으로 먹는 스콘을 반죽부터 직접 만드는 것을 좋아하는데, 이렇게 하면 한 끼에 10엔 정도면 해결되기 때문에 빵집에서 빵을 사는 것보다 저렴한 것은 물론 만드는 과정도 즐겁습니다. 그럼 빵을 사서 먹으면 어떻게 될까요? 그건 그것대로 또 맛있으니 잘 먹습니다.

해외여행을 떠날 돈은 없지만, 가본 적 없는 곳이라면 집 근처에도 의외로 많습니다. 새로운 곳을 발견할 때마다 머릿속 지도를 그려나가는 과정도 재밌었습니다. 평소에는 반경 500미터 지역 내에서 생활하는데, 가끔 멀리 떨어진 온천에 가는 것 역시 아주 즐겁습니다.

정리하자면, 또 하나의 자유란 '행복을 돈에 의존하는 상태에서 자유로워지는 것'입니다. 돈이 있든 없든 어디서 뭘 해도 행복을 느낄 수 있는 심적 상태라고나 할까요. 이곳이 아닌 어딘가가 아니라 내 주변의 가까운 곳부터 즐길 거리를 발견하는 것. 그것이 결국 돈이 있든 없든 어디에 있든 행복한 삶으로 이어질 겁니다.

즐거움은 어디서나 발견할 수 있습니다. 해외여행을 가더라도 안 가더라도 행복할 겁니다. 이 상태가 되면 해외여행에 자주 가는 나를 주변에 어필할 필요도 없고, 해외여행을 못 가는 나를 한심하게 여길 필요도 없습니다. 마음을 괴롭히는 피로한 시선에서 벗어나 마음 편히 사는 법을 또 한 가지 익힐 수 있는 거죠.

4장

돈에 대한 시각과 사고방식의 변화

지금까지는 돈을 '내가 더 잘 살기 위해서 필요한 것'이라는 시각으로 새롭게 생각해봤습니다. 이쯤 되면 눈에 비치는 돈의 풍경이 제법 달라졌겠지요.

상경한 지 얼마 안 되었을 무렵에는 돈이나, 돈을 내포하는 나의 삶에 대해 아무런 생각도 없었습니다. 돈은 그저 막연하고 실체도 없고, 이유는 모르겠지만 그걸 벌기 위해 힘들어도 매일 나가서 일해야 하는 존재였죠.

은거 생활을 한 지 2년 이상 지나자 제가 바라봐야 할 돈의 범위가 분명하게 보이기 시작했습니다. 더 이상 돈은 '이유는 모르겠지만 그걸 벌기 위해 일해야 하는 것'이 아니었습니다. 나에게 필요 없는 돈은 볼 필요가 없다는 사실을 깨달았죠.

돈은 이제 저를 쓸데없이 불안하게 만들거나 생활을 위협하는 존재가 아닙니다. 제가 매일을 살아가기 위해 함께하는 파트너와 같은 대등한 존재입니다.

이제야 비로소 돈의 소중함을 알면서도 '내가 어떻게 살지를 돈에 맡기지 말자'는 미묘한 균형 감각도 깨치면서 내 인생의 열쇠는 내가 쥐고 있다는 명확한 반응과 감각을 얻은 것 같습니다.

4장에서는 그 후에 있었던 저의 돈 씀씀이와 돈에 대한 사고방식의 변화를 떠올리며 써보겠습니다. 여기서 소개하는 내용은 제가 지금도 돈을 보는 데 있어 규범처럼 여기고 있는 것입니다. 이게 무조건 옳다고 주장하는 이야기가 아니므로 돈에 관한 하나의 경험담으로 가볍게 읽어주시면 좋겠습니다.

나는 부자가 되고 싶은가

초등학생 시절 이상하게 주변에 부자 친구들이 많았습니다. 친구들 집에 놀러 가면 자연스럽게 피자를 시켜 먹거나 케이크를 먹는 게 신기해서 "오늘 누구 생일이야?" 물어봤더니 "왜?" 하고 도리어 이상하다는 반응을 보인 친구의 모습이 떠오릅니다.

왜 그런 걸 물어봤느냐 하면 우리 집에서 피자나 케이크처럼 하나에 몇천 엔이나 하는 음식은 생일이나 특별한 날에만 먹는 고급 음식이었기 때문이죠. 외식도 거의 하지 않는 집에서 자란 아이에게는 엄청난 문화 충격이었습니다. 평범한 날에도 피자나 케이크를 먹는 세계가 있다니! 부자는 정말 좋겠다. 그렇게 사소한 충격이 쌓이고 쌓여서 언제부턴가 제 마음속에는 부자에 대한 동경이 싹텄는데…….

은거 생활에 적응한 뒤로는 그런 동경도 사라졌습니다.

내가 바라는 나의 모습을 잘 아는 지금은 '돈에 아무런 문제가 없는 상태'면 충분합니다. '부자'가 되는 것보다 이상적인 삶을 사는 것이 더 중요함을 실제로 경험해보고 알았기 때문입니다. 이상적인 삶을 위한 수단은 결코 '부자가 되는 것'이 아니었거든요.

지금 돌이켜보면 부자에 대한 막연한 동경은 내 삶의 방식이 흔들리고 있다는 증거였습니다. 내가 어떻게 살고 싶은지 깨닫는다면 그 방향으로 마음이 움직이기 마련이므로 부자에 대한 막연한 동경에 에너지를 쏟을 필요가 없습니다.

게다가 어른이 되면 부자도 피곤하다는 사실을 본인에게 직접 들을 때도 있습니다. 어린 시절부터 부모가 대략 천만 엔 이상의 교육비를 쏟아 부어 원치 않는 사립대학에 보내는 바람에 자퇴했다가 의절당했다는 이야기도 있고요. 어느 날 학교를 마치고 집에 오니 부모님 회사가 망해서 집이 경매로 넘어가는 바람에 집에 못 들어갔다는 이야기도 있었고요.(웃음)

어쩌면 그 친구들은 돈이 많아서 생기는 문제가 없는 우리 집을 더 부러워했을지도 모릅니다.

돈에 관한 실패담

다음은 과거에 돈 때문에 저질렀던 실수들을 지금의 제가 생각하는 '넉넉함'이라는 관점에서 그 원인을 돌아보려고 합니다.

본가에 살았을 때 고급 기모노를 30만 엔을 주고 사놓고는 결국 거의 입지도 않고 장롱 속에 전시만 했던 경험이 있습니다. 인생 최대의 낭비였죠. 왜 그렇게 된 걸까요?

당시 출근 말고는 거의 집에만 틀어박힌 상태였고 집세를 낼 필요도 없었기 때문에 파견사원으로 일했던 1년 동안 100만 엔을 저축했습니다. 그런데도 영 기분이 좋지는 않았습니다. 원래 스무 살이라는 나이에 저축이 100만 엔이나 되면 마음이 편해야 정상인데 통장 잔액을 봐도 왠지 불안하기만 했죠.

그러던 어느 날 뭔가에 홀린 것처럼 가까운 쇼핑몰에 있는 기모노 매장에 가서 5분 만에 30만 엔이나 하는 고급 기모노를 일시불로 사버렸습니다. 처음에는 신선한 기분으로 신나게 입었는데, 횟수를 거듭할수록 처음 샀을 때 느꼈던 묘한 불쾌함이 계속 떠올랐습니다. 그게 싫어서 점차 입지 않았죠.

결국 정작 기모노가 필요한 날은 파견사원이 되기 전 구제 옷가게에서 1만 5천 엔 주고 산 울 재질의 남색 기모노[19]만 입는 사태에 이르렀습니다. 울 기모노를 사는 마음 자체도 아주 편했고 이걸 꼭 입어야 한다는 강박관념이나 부정적인 감정이 요만큼도 없었습니다. 그러니 입고 있을 때도 불편함이 없었죠. 도쿄로 올 때도 망설임 없이 울 기모노를 가져왔습니다. 전에 산 고급 기모노는 아직도 본가에 처박혀 있

19 울 재질은 정통 기모노보다 가격이 합리적이고 관리가 쉬우며 더 캐주얼한 느낌으로 입을 수 있다.

습니다.

이래서야 무엇을 위해 30만 엔만큼 일했는지 영문을 알 수 없죠. 30만 엔의 돈과 고급 기모노, 옷을 만들어준 분께도 죄송할 뿐입니다. 돈을 탈탈 털어 썼는데 그 누구도 행복하지 않다니 억울하기 짝이 없습니다.

하지만 그 바탕에 끊임없이 흐르고 있는 희미한 불쾌함이 도대체 어디에서 비롯된 것인지는 줄곧 불투명한 상태였습니다. 저를 움직였던 감정을 단순히 물욕이라고 치부해서는 안 될 것 같았거든요.

당시 제가 했던 파견사원 업무는 공장에서 업무용 에어컨이나 리프트에 쓸 부품을 만드는 일이었습니다. 한창 바쁠 때는 휴일 출근까지 포함해서 하루 12시간 이상 꽉꽉 채워 일하느라, 그야말로 일 말고는 아무것도 할 수 없어서 생각할 기력마저 잃을 정도였습니다. 선거? 국제 분쟁? 그게 다 뭐래? 이런 느낌이었습니다.

어느 날 조례 중에 다른 공장에서 기계에 끼어 사원 한 명이 사망했다는 사고 소식이 전해졌습니다. 그때 '다음은 내 차례겠구나' 멍하니 생각했습니다. 그 이후로 매일매일 에어

컨 판금을 프레스 가공하는 기계에 끼어서 제가 죽어 있는 모습을 상상하면서 언제 퇴근할 수 있을지 모르는 시간 속에서 일만 했습니다.

지금 생각하면 일을 너무 많이 해서 가벼운 우울증에 시달렸던 것 같기도 하고요. 아마 일해서 번 돈을 볼 때마다 무의식적으로 그때의 기분이 되살아났는지도 모릅니다. 이딴 돈은 이제 보고 싶지도 않고 차라리 빨리 다 써버리고 싶은 그런 마음.

당시에는 그렇게까지 감정을 언어화하지도 못했고, 어쩌면 단순히 나중에 끼워 맞춘 이야기일 뿐 다른 이유가 있었을 수도 있고, 사실 이유 따위 전혀 없었을 수도 있습니다. 하지만 돈을 벌었을 때의 감정이 정말 사소한 것이라도 먼 훗날에도 영향을 미칠 수 있음을 아는 지금은 절대 그렇게 돈을 벌면 안 됐었다고 반성합니다. 그 시절로 돌아갈 수 있다면 스무 살의 제 얼굴을 한 대 쳐서라도 각성시키고 싶습니다.

돈을 모아서 뭔가 하고 싶다는 목적이 있다면 별개의 이야기겠지만, 사실은 필요하지도 않은 이유 때문에 그저 '그게 당연하니까'라며 나를 조금씩 갉아먹는 짓은 아무런 도움이 되지 않습니다.

은거 생활을 한 뒤로는 제 인생의 허용량과 우선순위를 매 순간 잘 파악하고, 오랜 시간을 들여 부정적인 감정에서 돈을 뽑아내는 일을 하나씩 그만뒀기에 더 이상 돈을 벌 때의 감정에 휘둘려 자포자기하지 않습니다.

도쿄에서 은거 생활을 했을 때도 인생에서 최고로 저축이 많았던 그 시절로 돌아가고 싶다는 생각은 단 한 번도 한 적 없죠.

돈의 양이 아니라 어떤 마음으로 돈을 받아들이고 놓아줄지가 중요합니다. 이젠 절절하게 와 닿습니다.

행복하게 돈 쓰는 법

은거 생활 전에는 얼마나 돈을 안 쓸 수 있을지만 고민했습니다. 창피한 이야기지만 개인적인 득실에만 관심이 있었거든요.

지금은 '같은 돈이라면 한 명이라도 많은 사람이 행복해질 수 있게'라는 기준으로 돈을 쓰고 있습니다. 주변 사람들이 보기엔 비슷해 보일 수도 있지만, 그저 막연하게 돈을 쓰는 것과는 차이가 있습니다. 무엇보다도 넉넉함의 범위를 점점 넓혀가다 보니 돈을 쓰는 일에 대한 두려움이 조금씩 사라지고 편해진 것도 기쁜 변화였습니다.

이제부터 '나와 내가 존재하는 세계가 조금이라도 행복해질 수 있도록'이라는 시점에서 지금의 제가 어떤 부분에 주의해서 돈을 쓰는지 말해보겠습니다. 물론 몇백만 엔 단위의 이야기는 아니고, 누구나 할 수 있는 몇백 엔부터 시작하는 일상적인 내용으로만 가득할 겁니다.

① 대가를 제대로 지불하기

저는 평소에도 뭔가를 살 때 되도록 개인적으로 망하지 않았으면 하고 바라는 가게에만 갑니다. 그런 가게에서는 할인권도 쓰지 않고 세일 기간에는 가지 않습니다. 정가로 구입합니다. 좋은 상품은 제대로 대가를 지불해서 그 상품을 만든 사람에게 환원하고 싶기 때문이죠.

예를 들면 제가 자주 가는 라멘 가게는 팔각을 넣어 삶은 달걀을 무료로 주는 쿠폰을 가게 입구에 놓아두고 누구나 쓸 수 있게 해주지만 저는 쓰지 않습니다. 삶은 달걀이라고 해서 공짜로 만드는 것도 아닐 테니까요. 가치가 있는 것에는 제대로 돈을 내야 합니다. 그래도 워낙 자주 가기 때문에 이제는 사장님이 저를 알아보고 아무 말 없이 서비스를 주시기도 하는데 그것까지 돌려드리긴 좀 그래서 감사히 먹긴 합니다.

넉넉함이 나만의 것이 아닌 이상, 한쪽만 이득을 얻으면 마음이 찜찜합니다. 가게도 뭔가 이득이 있어야죠. 제가 자주 가는 가게는 대부분 가성비가 매우 훌륭한 탓에 단골용 '할증권'이나 팁 박스라도 있으면 좋겠다는 생각을 몰래 하곤 합니다.

② 가급적 오프라인으로 사기

은거 생활 이후로 홈쇼핑이나 인터넷으로 물건을 구입하는 것보다 직접 가서 보고 사는 것을 선호하게 되었습니다. 그전에도 가게에 직접 가서 사기는 했지만, 그저 습관적으로 그렇게 했을 뿐입니다.

인터넷으로 물건을 장만하면 가게를 가지 않고도 바로

집까지 배달해주니 편하지만, 지금은 같은 돈이라면 매장에서 써야 아까운 느낌이 없습니다. 책은 특히나 그렇습니다. 제가 원체 책을 좋아하고 서점에서 아르바이트한 적도 있어 더욱 그런지 모르겠지만, 서점 직원이 적은 책 추천 문구를 보거나 큐레이션이 독특한 서가를 보면 참 즐겁습니다. 그런 즐거움은 인터넷에서는 맛볼 수 없죠.

하지만 물건을 살 때는 역시나 냉정하게 판단합니다. 직접 가서 구입한다고 다 좋다는 말은 아니고, 직원이 그 상품과 문화를 사랑하고 지식도 풍부해서 내 질문에 정성스레 대답해주고 '여기서 돈 쓰고 싶다!'라는 생각이 드는 가게에만 갑니다. 상품을 중개해주기만 한다면 갈 이유가 없겠죠.

③ 부당한 것에 돈 쓰지 말기

가격 설정이 이상한 상품에 돈을 쓰지 않는 것도 돈을 더 행복하게 쓰는 행위의 일부 같습니다.

예를 들면 집세가 그렇습니다. 물론 집은 가치가 있다고 인정하는 사람이 있어서 그 가격이 붙은 것이니만큼 싸잡아서 얼마면 부당한 수준이라고 설명하기는 어렵습니다. '이 주택이라면 당연히 그 정도 하겠지'라는 마음으로 돈을 내는 것과 '너무 비싼 거 아닌가? 그렇지만 별수 없군'이라는 마음으로 돈을 내는 것은 의미가 전혀 다릅니다. 솔직히 가치가 없다고 느끼는 집에 돈을 쓰면 집도 돈도 불쌍하잖아요.

어차피 쓸 거라면 내가 자신 있게 가치 있다고 느끼는 대상에 돈을 쓰고 싶습니다.

④ 공공복지서비스는 '감사한 마음으로' 이용하기

도쿄에 살았을 때는 도서관 직원을 참 많이 괴롭혔습니다. 그때 '죄송하다'는 마음이 아니고, '당연하다'는 마음도 아니고, '감사하다'는 긍정적인 마음으로 이용하자고 명심했습니다.

그 외에도 국민건강보험이나 연금 제도 등 공공복지서비스를 이용할 기회가 있다면 이 마음을 잊지 않으려고 합니다. 내 돈만 돈이 아니니까요. 다른 사람의 돈도 훌륭한 돈입니다. 누구의 돈이냐가 중요한 게 아니라 돈을 쓰는 국면에서 절대 부정적인 감정으로 쓰지 말자는 겁니다. 그것이 돈과 돈을 내어준 사람에 대한 최소한의 매너 아닐까요.

⑤ 돈 환원하기

필요 최소한의 돈이 있다면 남는 돈은 즉시 세상에 환원합니다.

돈이 안 쓰이는 상태는 돈은 물론 사회적으로도 매우 아깝기 때문입니다. 써준 사람에게 직접 가는 게 아니라도 괜찮으니 언젠가 돌고 돌아서 그 사람에게 돌아갔으면 하는 바람으로 쓰면 됩니다. 물론 제 나름대로 '한 명이라도 많이 행복해지는' 방법으로요.

개인적으로는 다른 사람들에게 주는 선물이나 기부 등 선택지가 늘어나서 기쁩니다. 하지만 그저 돈을 쓴다고 다 좋은 것도 아니죠. 지금은 그럴 때가 아니라고 판단하면 잠시 쉬어가는 것도 긍정적인 행위라고 봅니다.

개인과 사회의 넉넉함이 병존해야

돈에 대한 불안감이 사라지면서 넉넉함에 대한 생각도 변해갔습니다.

도심에서 일만 하고 경제적 여유가 없었던 시절, 넉넉함이란 개념은 저만의 것이었습니다. 다른 무엇보다 일단 내가 넉넉해져서 금전적으로 힘든 상황에서 벗어나고 싶었고, 다른 사람은 어찌 되든 상관없었죠.

그런데 은거 생활을 시작한 뒤로 제 은행 계좌에는 적지만 당장 필요한 만큼의 돈이 항상 있었고 욕심도 없었기에 나를 위해서만 돈을 쓰는 데는 한계가 있었습니다. 그래서 '내가 어느 정도 넉넉해졌으니 나머지는 정말 필요한 누군가를 위해서 쓸 수 있지 않을까?' 매번 생각하고 행동하게 되었죠. 애초에 연 수입이 백만 엔이니 대단한 금액은 아니지만요.

직접적인 행동을 예를 들면, 저는 편의점에서 모금함을 보면 지갑에 있는 동전을 꼭 집어넣습니다. 이것은 내가 아닌 누군가를 위해 돈을 쓰는 가장 가깝고 쉬운 방법입니다. 다만 누군가 모금함에 동전을 넣는 제 모습을 보는 게 창피하므로 아주 자연스럽고 빠르게 돈을 넣고 나오죠. 역 앞에서 아이들이 모금함을 들고 있는 경우에는 기부하고 싶어도 눈에 띄기 싫으므로 빠른 걸음으로 지나칩니다.

돈이 없을 때는 사람들에게 소소한 선물을 하고 싶어서 직접 구운 스콘을 포장해서 주기도 했는데, 이제는 너무 비싸지만 않다면 다른 걸 선물로 사서 줄 여유도 생겼습니다.

최근에는 연말이 가까워지면 한 해 동안 도움을 받은 분들에게 연말 복권을 보내는 데 재미가 들렸습니다. 멀리 사는 친구에게는 크리스마스카드에 동봉해서 보내기도 합니다. 몇 년 동안 해보니 이게 아주 재밌더군요. 요새는 평상시에도 아예 복권을 들고 다닙니다.

작은 보답을 하고 싶을 때 딱 쓰기 좋습니다. 누군가에게 도움을 받았을 때 감사의 뜻으로 건네기 쉽고 상대방도 받기 쉽죠.

현금이라면 이렇게 못하지만, 한 장에 300엔짜리 복권이면 부담 없이 받아주는 사람이 많습니다. 게다가 결과가 발표될 때까지 추첨 날짜를 생각하면 저도 상대방도 일상에 신나는 순간이 늘어나겠죠. 당첨되면 그 돈을 어디에 쓸지 상상하는 재미는 누구나 경험이 있겠죠.

복권도 종류는 많지만 나를 도와준 사람들이 되도록 골고루 당첨되었으면 하는 마음에서 한 방을 노리는 '점보 복권'보다는 소액일지라도 당첨 확률이 높은 '점보 미니 복권'을 애용합니다. 작년 말에는 당첨자 수가 더 많은 '연말 점보 쁘

Scratch
3 4 5
7 7 7
6 8 9
복권

띠'라는 복권이 생겨서 그것을 뿌리고 다녔습니다.

연속되는 번호가 좋을지 다 다른 번호가 좋을지 취향은 제각각 다르겠지만, 저는 번호가 다른 것을 살 때가 많습니다. 번호가 연속되는 복권은 전후번호상[20]이 나오는 경우 당첨금이 집중될 수 있으니 일확천금이긴 하지만, 소액이라도 좋으니 많은 분들이 당첨되었으면 하는 제 바람과 부합하지 않기 때문입니다.

그리고 점보 계열의 복권은 계절에 따라 팔지 않을 때도 있어서 최근에는 스크래치 복권을 살 때가 많습니다. 스크래치 복권은 추첨 날짜가 정해진 게 아니라 언제든 쓸 수 있으니 남아서 버리는 일이 없고, 누군가에게 주면 그 자리에서 긁어보고 결과를 함께 보는 것도 즐겁더라고요. 여러 번 복권 판매점에 가는 일도 귀찮아서 10장 단위로 한꺼번에 삽니다.

간접적인 행동을 예를 들면, 눈앞의 득실보다 지금 내가 쓴 돈이 어떤 식으로 사회에 환원될지 생각하면서 돈을 쓰는 것입니다.

20 1등의 직전, 직후 번호에게 주는 상.

은거 생활 전까지는 그저 1엔이라도 싸게 살 수 있으면 됐다 싶었는데, 지금은 할인 매장에서 파격 세일하는 쌀보다 나와 최대한 가까운 거리에 있는 생산자가 자연 재배한 국산 현미를 사려고 합니다. 열심히 노력하는 농가에 응원하는 마음을 전하고 싶거든요. 어디서 어떻게 만들었는지 모를 상품을 1엔이라도 싸게 사는 것보다 생산자에게 제대로 공정한 대가를 지불하고 상품을 받는 게 지금은 더 중요합니다. 그러한 농가가 오래오래 있어주면 품질 좋은 식재료를 구할 수 있는 선택지가 모두에게 열리겠죠. 그것은 내가 좋은 상품을 구할 수 있는 시스템에도 기여하는 일입니다.

이런 식으로 전체를 생각하는 습관이 생기면 눈앞의 가격을 좇지 않아도 되므로 마음이 매우 편해집니다.

내가 아닌 사람들을 위해 돈을 쓸 수 있는 여유와 늘 함께하는 쾌적함은 은거 생활을 통해 맺은 열매입니다. 금액이 많고 적고의 문제가 아니라, 같은 돈을 쓸 거라면 나 혼자만이 아니라 100명이 행복해지게끔 쓰는 것이 전체적으로 보면 이득 아닐까요? 어떻게 하면 한 명이라도 많은 사람이 행복해질 수 있을까. 저의 저소득 생활을 넉넉하게 만들어주는 관점은 여기에 있습니다.

저는 늘 적은 돈으로 행복을 최대화하는 방법을 생각합니다. 그러다 보면 자연스레 내가 지금 여기에서 사용한 돈이 사회에 어떻게 영향을 미칠지 궁금해집니다. 주변 사람들에게는 제가 자기만을 위해 사는 것처럼 보일 수 있지만(실제로 처음에는 그것만으로 충분했지만), 실제로는 돈을 쓸 때마다 세상에 대한 관심이 날로 솟아납니다.

우연이라 하더라도 제가 돈에 대한 불안감에서 해방되는 경험을 했다면, 그 방법과 경위를 독점하는 건 아까운 일입니다. 제가 발견한 넉넉함을 더 많이 공유하고 그 방법으로 해결할 수 있는 문제가 있다면 제 깨달음을 꼭 활용해줬으면 싶은 게 사람 마음이니까요. 내가 넉넉해졌으니 이제 주변 사람들도 넉넉해지길 바랍니다. 큰 욕심이 없었던 저에게 새로운 욕심이 생겼다고 할 수 있겠네요.

넉넉함의 내용도 변하기 마련

앞에서도 이야기했지만 2017년은 몇 년 만에 전년도 수입이 103만 엔을 넘었기에 소득세와 연금을 냈습니다.

전년도 상반기에 개호 일을 하고, 하반기에 대만으로 이주해서 여행 작가 일을 했는데, 이것만 해서는 연 수입이 103만 엔을 넘지 못합니다. 그런데 책 인세가 들어오면서 수입이 늘어났고, 그만큼 소득세가 발생한 겁니다. 우체국에 가서 세금을 납부했는데 제가 그 돈을 전혀 아까워하지 않는다는 사실이 살짝 신선했습니다. 아깝기는커녕 잘 다녀오라고 배웅해주는 것 같은, 마치 돈의 여행길을 축복하는 듯한 느낌이었죠. 이런 세계가 다 있다니 신기했습니다.

왜 신선했느냐 하면 예전에 고향에서 파견사원으로 일한 적이 있는데, 그때는 지금보다 소득도 저축도 훨씬 많았습니다. 그런데도 그렇게 힘들어하면서 돈을 벌었으니 나 이외의 뭔가를 위해서는 한 푼도 쓰고 싶지 않았죠.

돈은 변하지 않았을 텐데 제 속에 있는 무엇이 변했을까요?

다시 한 번 제가 지금까지 돈을 어떻게 벌었나 돌이켜보니 크게 세 패턴으로 나뉘네요.

첫 번째는 해도 안 해도 그만인, 내가 좋아하는 일을 하는 경우입니다. 은거에 관한 책(하루하루의 생활이 책을 쓸 재료가 된다는 점을 생각하면 일어나서 잠들 때까지 은거에 관한 모든 것이 일이라고 볼 수도 있겠네요)이나 친구에게 부탁받은 일(번역, 작곡, 글쓰기, 피아노 연주 등)이 포함됩니다.

두 번째는 생활에 필요한 최저한의 돈을 버는 경우입니다. 도쿄에 살았을 때는 개호 일이었고, 대만으로 이사한 뒤로는 여행 작가 일입니다.

마지막으로 사실은 필요하지 않은 것을 위해 일하는 경우입니다. 도심에서 저와는 도통 어울리지 않는 집세를 내기 위해 별수 없이 일해야만 했습니다. 조금도 쉴 수 없었던 아르바이트와 심각하게 바빴던 파견 업무가 여기에 해당되죠.

각 패턴에서 뭐가 제일 다른가 보면 일할 때의 감정이 압도적으로 다른 것 같네요.

최소한으로 필요한 돈을 위해서가 아니라 그저 내가 좋아서 하는 일은 돈이 되건 안 되건 즐겁습니다. 그 일을 하는 내내 그냥 행복하고 기분이 좋습니다.

최소한으로 필요한 돈을 위해 일할 때는 어느 정도 힘든 경우도 생기지만 내가 이해하고 받아들인 일이니만큼 긍정적이지도 부정적이지도 않은 아주 중립적인 상태가 될 수 있습니다. 필요 없는 것을 위해 억지로 일하는 시간은 시시각각 내 알맹이가 깎여 나가는 듯한 불안감에 시달렸습니다. 왜 나만 이렇게 일해야 하는지 불공평한 상황이 짜증나고 여유도 없고 항상 부정적인 감정에 지배당했습니다.

각각의 패턴에서 번 돈을 쓸 때의 감정에 주목해보면 벌었을 때의 감정과 비례하는 것만 같았습니다. 세금과 연금을 내고 나서야 비로소 깨달았던 건 금액이 커서 눈에 띄었기 때문일까요. 하지만 잘 생각해보면 평소에 슈퍼에서 물건을 살 때 역시 벌 때의 감정과 비례합니다. 억지로 일했을 때는 1엔도 손해를 안 보려고 용을 썼지만, 최소한으로 필요한 일을 하고 생계에 어려움이 없었을 무렵부터는 조금 여유를 갖고 장을 봤습니다. 지금은 1엔이라도 많은 사람에게 환원되기를 바라는 여유까지 생겼고 그렇게 돈을 쓰는 게 즐거워졌죠. 즉 돈의 양과 용도는 최종적으로는 상관이 없는 것 같기도 합니다.

돈을 벌 때의 감정이 돈을 쓸 때는 물론이고 쓴 다음까지 영향을 미친다면, 벌 때의 감정을 결코 외면해서는 안 됩니다.

저는 적게 일하는 삶을 선택했지만, 그렇다고 해서 절대로 많이 일해서 경제적으로 기여하는 일이 나쁘다고 생각하지는 않습니다. 그건 각자의 선택입니다. 그저 모처럼 기여할 거라면, 불안감이나 초조함에 흔들려서 번 돈이 아니라 되도록 즐겁고 기쁘고 행복한 마음으로 번 돈으로 하는 것이 문제없이 오래 이어갈 수 있는 방법입니다. 남을 신경 쓰지 않아도 되며, 무엇보다도 자기 자신이 편한 것 같습니다.

예전의 저는 넉넉함이 돈의 양인 줄 알았고 오로지 저만의 것인 줄 알았죠. 그래서 단순히 저의 연 수입이 많으면 많을수록 넉넉한 것이라고 믿었던 시기가 있었습니다. 하지만 지금 제가 생각하는 넉넉함이란, 생활에 대한 불안감이나 강박관념 같은 부정적인 감정이 아니라 한 명이라도 더 행복해지길 바라는 긍정적인 감정으로 돈을 벌고 쓸 수 있는 상태입니다.

저는 그런 세상에서 살고 싶습니다. 물론 갑자기 모든 것을 긍정적으로 전환하는 건 불가능합니다. 그런 세상에 기여해보고자 일단 저부터 부정적인 감정에 휘둘려 이 세상에 돈을 뿜어내는 일을 1엔씩 차근차근 줄여가려고 합니다.

악착같이 일해서 지금보다 돈이 많았는데도 남을 도와주면 나만 손해라고 생각했던 시기가 있었건만, 은거 생활을 하고 여유가 생긴 뒤로는 자연스럽게 길에서 장애인과 어르신을 돕기도 하고, 스콘이나 김치를 여유 있게 만들어서 친구나 이웃에게 나눠주기도 합니다. 그렇게 제 마음속에 생겨난 여유는 돈이라는 형태가 아닐 수도 있지만, 어떠한 형태로든 세상에 환원되리라 믿습니다.

사회라는 은행에 저축하기

'개인과 사회의 넉넉함'을 생각하다가 '넉넉함'이 나만의 문제가 아님을 깨닫고 저축 역시 이전과는 다른 시선으로 보게 되었습니다. 제 경우 필요 이상으로 저축하는 것이 아까워졌습니다.

보통은 돈 쓰는 것이 아까워야 정상이죠. 저도 도심에 살았을 때는 나 살기만도 벅찬데 남을 위해 돈을 쓰는 게 말이 되나 싶었지만, 이제는 완전히 거꾸로 생각합니다. 하지만 이제는 현재 시점에서 저에게 필요한 금액을 알고 있고, 적은 돈으로도 살 수 있도록 스스로 훈련해왔습니다. 반년 이상 생활할 수 있는 생활비가 은행 계좌에도 있죠. 만약 그 이상의 돈이 있는데 오로지 저의 넉넉함만을 위해 계좌에 계속 묶어두는 건 아까운 일입니다. 쓰지 않고 모아두는 것보다 저와 세상에 더 도움이 되는 좋은 방법이 있을 테고, 전체적으로 보면 그게 더 넉넉하고 이득이 될 거라고 지금의 저는 판단합니다.

엄밀하게 말하자면 은행에 맡긴 돈은 사업을 위한 대출 등에 사용되므로 100퍼센트 아까운 돈이라고 할 수는 없지만, 그 은행이 산탄식 폭탄[21]을 만드는 회사에 투자할 가능성도 없지는 않죠. 저의 소중한 저축을 제 의도와 다른 용도로 사용할 바에는 차라리 어디에 대출할지를 제가 직접 정하고 싶습니다.

아무튼 그런 비현실적인 규모의 이야기가 아니라, 가령 외식으로 돈을 쓸 거라면 나를 포함해서 더 많은 사람이 행

---

21 집속탄의 폭발은 수백 개의 작은 소형 폭탄들을 방출시키고, 이 소형 폭탄들의 폭발로 이어진다.

복해지는 방법이 무엇인지 고려해봅니다. 지금의 저는 체인점이나 저렴한 무한리필점이 아니라 식문화를 사랑하는 곳, 사회에 새로운 가치를 낳는 곳, 개인적으로 응원하고 싶은 곳으로 가죠(체인점이 싫다는 건 아닙니다. 때와 장소에 따라 다르지만).

그런 가게에서 돈을 쓸 때 저는 사회라는 하나의 커다란 은행에 저축하는 이미지를 떠올립니다. 그러면 내 소중한 돈을 맡기는 것이니만큼 그 가게가 무엇을 중요시하는지, 사회에 어떤 영향을 미치는지, 직원들에게도 제대로 환원하고 있는지까지 신경 쓰게 됩니다. 지금 당장 쓰려는 돈의 가치를 어떻게 하면 나와 사회를 위해 최대화할 수 있는지 진지하게 바라보는 거죠.

돈을 쓰는 것 자체를 목적으로 사는 것도 아니고, 정답도 없고, 그냥 제가 그런 이미지를 갖고 소비한다는 이야기라서 여러분께 크게 와 닿지 않을 수도 있겠네요.

그래도 돈을 쓸 때 사회에 저축한다는 이미지를 그리면 '넉넉함'이 나라는 틀을 넘어서 무한대로 확장되는 신기한 느낌이 듭니다. 돈이란 나만의 것이 아니니까 돈을 필요 이상으로 가져야 한다는 스트레스에서도 해방되어 마음이 매우 편해집니다.

저소득 은거 생활인이 이런 말을 한들 '돈이나 좀 벌고 말하든가'라고 혼날 것 같긴 한데(웃음), 훗날 만약 제가 돈을 많이 벌게 된다면 어찌 될지 미리 기대해보렵니다.

가상화폐에 관해

넉넉함의 의미가 나만의 것이 아니고 금액만을 가리키는 것도 아님을 깨치면 세상의 많은 것들에 대한 반응이 달라집니다.

예를 들어 최근 갑자기 가상화폐가 화제인데요.

저는 기술적인 면은 잘 모르기 때문에 할 이야기가 전혀 없지만, 넉넉함의 의미가 달라지고 나니 가상화폐에 대한 반응이 어떻게 바뀔지는 예측이 됩니다. 제가 이미 경험한 바 있기에 더 자세히 이야기해보겠습니다.

만약 제가 도쿄로 오기 전에 본가에 살면서 저축한 돈이 가장 많았을 때 가상화폐가 탄생했더라면 흐름에 뒤처져 손해를 보지 않으려 조급하게 달려들었을 가능성이 큽니다. 나만 이득을 보면 그만이었으니까요. 하지만 지금은 그런 이유로 움직이지 않습니다.

기본적으로 가상화폐도 돈의 일종인 이상, 이 책에서 집요하게 말한 돈 이야기와 마찬가지로 '내가 바라는 나의 모습'과 마주하기 전에 가상화폐를 소유하려는 것은 순서가 다르기 때문입니다.

현시점에서 가상화폐는 투기 대상이라는 인상이 강한데, 원래는 말 그대로 그냥 화폐입니다. 그래서 저는 가상화폐를 투기 대상이라기보다는 일단 돈과 같은 등가교환의 도구라고 인식하고 있습니다. 그런 전제하에서 제가 가상화폐를 쓴다고 하면 세 가지 가능성이 있습니다.

먼저 전자화폐처럼 예비 지갑과 같은 느낌으로 쓰는 경우. 가상화폐를 쓰면 일본에 있든 해외에 있든 그 나라의 화폐로 환전하는 절차나 수수료가 생략되니 편하겠죠.

또 하나는 은행 계좌 대신 쓰는 경우. 일반적으로 외국인이 은행 계좌를 개설하려면 내국인보다 절차가 까다롭습니다. 저도 대만에 이주해서 바로 계좌를 만들고자 어느 은행

에 갔더니 고용주가 없다는 이유로 거부당했습니다. 그러니 가상화폐 형태로 돈을 어느 정도 가져가면 최악의 경우 은행 계좌를 못 만들더라도 해외 생활이 불가능하지는 않겠죠.

이런 면은 도쿄에서 살았을 때는 고려해본 적도 없었습니다. 도쿄 은거 생활에 가상화폐가 끼어들 여지는 없었거든요. 대만에 외국인으로서 산다는 현실에 직면하니 비로소 저에게 이용 가치가 생긴 겁니다.

다만 이 두 가지 방법은 가상화폐로 결제할 수 있어야 한다는 조건이 있습니다. 대만에서는 2018년 2월 시점에서 보자면 무려 패밀리마트 편의점에서 비트코인을 100위안부터 살 수 있는데, 막상 가상화폐로 결제할 수 있는 가게가 거의 없어서 그다지 현실적인 방법은 아닌 듯합니다. 그래서 지금은 가상화폐를 갖고 있지도 않습니다. 언젠가 갖게 되더라도 전 지폐를 더 좋아해서 가상화폐는 보조용으로 쓰는 데 그칠 것 같네요.

가상화폐의 세 번째 가능성은 모두의 이익을 위해 쓰는 경우입니다. '어떻게 살고 싶은지' 잘 아는 지금은 가상화폐로 돈을 벌어서 고급 스시 집에 가거나, 억 단위의 자산을 갖는 등 개인적인 이익에는 큰 관심이 없습니다.

하지만 가상화폐가 더 보급되어서 지폐를 대신하는 안정적인 도구가 되고, 일부 한정된 사람이 아니라 전 세계의 모두가 조금씩 이득을 얻는다면(각종 지불이 편리해지고 해외에 이주하기 쉬워지는 등) 응원하는 차원에서 조금은 가져도 괜찮겠다 싶습니다.

비단 가상화폐에만 해당되는 이야기가 아니고요. 돈을 대신하는 새로운 가치는 제가 살아온 32년의 세월 동안만

하더라도 이 세상에 몇 번이고 태어났고, 그 형태는 다를지언정 사람들의 반응은 매번 지긋지긋할 정도로 똑같았습니다. 제 눈에는 그렇게 비쳤습니다. 가치를 끌어올리고 내리고 속이고 훔치고 하는 건 늘 사람이었죠. 돈은 절대 그런 짓을 하지 않습니다. 물론 그것도 유통되기까지의 과정으로 생각하면 인류의 경험치로는 어쩔 수 없나 싶기도 합니다.

그래서 세상에 새로운 가치가 탄생했을 때 대처하는 방법은 역시나 '내가 바라는 나의 모습'을 명확히 하는 것뿐입니다. 일단은 이것만으로도 충분합니다.

은거인의 지갑 속에는 무엇이 있을까?

돈을 이렇게 생각하는 사람의 지갑 사정은 어떤 느낌일까요? 은거 생활을 하는 사람의 지갑 속을 공개하겠습니다.

지금 제가 쓰는 지갑은 교토 가와라마치河原町 대로에 있는 마루젠丸善이라는 상점 지하에서 산 평범한 검은색 가죽 반지갑입니다. 6천 엔 정도 했습니다.

만약 돈에 여유가 있었다면 에팅거의 반지갑 같은 걸 써도 괜찮을 것 같습니다. 살지 말지는 모르겠지만 살 수 있다는 선택지가 있다면 분명 좋겠죠. 저는 기본적으로 브랜드에 별로 관심이 없는데, 만약 고른다고 하면 심플하고 질이 좋고 오래 써도 질리지 않는 물건으로, 평범하고 자기주장은 약하지만 신념이 있으며 역사와 장인 정신이 바탕에 있는 믿을 수 있는 브랜드에 돈을 쓰고 싶습니다.

부자는 장지갑을 쓴다는 이야기도 많이 들어봤지만, 돈을 마구마구 끌어 모으는 금융자산가인데 장지갑을 안 쓰는 사람을 본 적도 있으니 절대 조건은 아닌 것 같습니다. 저는 지갑이 길고 짧고보다 내 라이프 스타일과 맞는지 아닌지가 중요하다고 봅니다. 제게는 반지갑이 딱 좋습니다.

장지갑은 양복이나 재킷 안 주머니에 넣는 것을 전제로 만든 것이죠. 즉, 젊은이보다 회사원이 많다는 의미이고, 필연적으로 연 수입이 많으면 장지갑을 쓸 수밖에 없는 구도가 아닌가 싶은데요. 저처럼 티셔츠에 반바지 등 캐주얼만 선택하는 생활을 하는 사람에게는 어울리고 말고를 따지기 전에 너무 커서 쓰기 힘듭니다. 모든 주머니와 가방에 들어갈 만한 사이즈라야 하거든요.

아무튼 제 지갑을 열어보면 일단 6개의 카드 포켓이 있습니다.

국민건강보험증[22], 운전면허증, 교통카드Suica, 현금카드[23], 신용카드 이렇게 5장을 카드 포켓 하나에 한 장씩 넣었습니다. 지갑을 펼쳤을 때 모든 카드가 한눈에 들어와서 파악하기 쉽고 좋습니다. 카드 포켓이 하나 남는데 이건 예비로 비워둡니다. 기프트 카드를 선물 받았을 때 쓰기도 하고요.

보충 설명을 하자면 현금카드는 1장뿐인데, 지금은 대만에 살기 때문에 일본과 대만 것 1장씩입니다.

은거하기 전까지는 은행 계좌가 여러 은행에 여러 개 있었는데 어디에 얼마가 들어 있고 어디에 썼는지 파악하기 힘들더라고요. 각각의 계좌번호와 ATM 위치, 은행 영업시간 등등 기억해야 할 것은 많은데 나이를 먹으면서 그걸 다 외우기가 힘들어지는 바람에 결국 우체국 은행 하나로 통일해버렸습니다. 일본 현금카드는 대만에 있을 때는 사용하지 않기

---

22 일본은 주민등록증처럼 카드 형태로 쓴다.

23 ATM용 현금인출카드. 일본도 점점 전자결제가 보급되고 있지만, 아직도 현금 사용 비율이 높은 편이다.

때문에 여권과 같이 보관해두었습니다.

그리고 바로 신용카드! 신용(=변제 능력이 있다는 신용) 따위 일본에서 제일 빈약해 보이는 은거인인 제가! 이건 예전에 해외를 방랑하며 살았을 때 신용카드도 없이 갔다가 심히 피곤한 상황을 겪었기에 귀국한 뒤 연 수입을 부풀려서 만들었던 것입니다. 심사가 통과할 리 없지만 밑져야 본전이니 몇 군데 문의했더니 '저희 걸로 발급하세요!' 열렬히 영업하는 분이 계셔서 실제 수입을 털어놓고 싶었죠.

그렇게 만들고 난 뒤 도쿄에서 살 때는 거의 쓸 일이 없었지만, 지금은 대만에 살고 있으니 땡처리 항공권을 결제할 때 잘 쓰고 있습니다. 하지만 기본적으로는 거의 쓰지 않으니 명세서가 깨끗해서 확인하기 쉽습니다. 문제가 생기면 바로 눈에 띄죠.

그리고 포인트 카드는 없습니다. 단 하나 예외로, 구매 단가가 큰 요도바시카메라[24] 포인트 카드는 있는데, 지금은 스마트폰 앱을 설치해서 이마저도 없습니다. 딱히 스마트한 이

---

24 대형 전자제품 매장.

5000
1000
日本銀行券
千円
국민건강보험증
운전면허증
Suica
현금카드
신용카드
500
100
50
10
1

유가 있어서가 아니라 이것도 제 나이 때문인데요. 젊었을 때는 몇 장 가지고 다녔지만 여러 가지로 힘든 점이 늘었죠. 포인트를 따지는 머릿속 공간이 아까울뿐더러 다음에 왔을 때 얼마 쌓였는지 생각하기보다 쇼핑이 피곤하므로 필요한 물건만 사고 얼른 돌아가서 쉬고 싶습니다. 게다가 쇼핑할 때마다 꺼냈다가 다시 넣어야 한다니, 안 그래도 요새 편의점 점원의 빠른 속도를 쫓아가지 못해서 동전 꺼내는 것만도 버벅거리는 제가 그 편의점의 포인트 카드를 정확한 타이밍에 동시진행형으로 제시해야 한다니 사람이 할 짓이 아닙니다. 그리고 가끔 점원이 하는 말이 너무 빨라서 뭔 소리인지 알아듣지 못하는 건 저만 그런 건가요?

지갑에는 지폐를 넣는 포켓이 두 군데 있어서 뒤쪽에는 지폐, 앞쪽에는 영수증 등을 넣습니다. 앞 포켓은 집에 가면 매일 꼭 정리합니다. 지폐도 뭔가를 사고 나면 방향이 뒤죽박죽될 때가 있어서 역시나 같이 정리해줍니다.

동전 포켓에는 당연하게도 동전뿐입니다. 오미쿠지[25]나 부적, 외국 동전 등등 쓸데없는 것은 전혀 없습니다.

도쿄에 살았을 때는 집에 오면 지갑을 놓는 장소도 정해 놨었습니다. 책장 위에 있는 나무 상자 안. 이것도 그저 제가 매번 찾아다니기 귀찮아서 그런 겁니다. 가방을 바꾸면 지갑을 까먹는 경우가 있잖아요. 지금은 가방을 하나만 갖고 다니므로 계속 넣어두고 씁니다.

지갑을 교체하는 시기는 3년에 한 번 정도인 것 같네요. 계속 쓰다 보면 지갑도 수명을 다하기 때문에 적당한 시기에 바꿔줍니다.

---

25 일본의 절이나 신사에서 길흉을 점치기 위해 뽑는 제비. 작은 종이에 운세가 쓰여 있다.

5장

돈과 이야기하기,
돈과 놀기

지금까지 내가 바라는 나의 모습을 규정하고, 그 생활에 필요한 만큼의 돈을 파악하고, 그 결과 나에게 어떤 변화가 있었는지를 돌아봤습니다. 저는 막연했던 돈에 대한 불안에서 해방되었으므로 이것을 하나의 목표 달성으로 봐도 괜찮을 것 같습니다.

하지만 돈과의 관계는 살아 있는 한 평생 이어질 겁니다. 어차피 평생 함께 가야 한다면 되도록 즐겁게 이어가는 편이 좋겠죠. 그래서 5장에서는 '돈에 대한 불안이 사라졌을 때 어떻게 해야 즐겁게, 더 좋게 돈과의 관계를 이어갈 것인지'에 대해 이야기해보려고 합니다.

돈과 더 좋은 관계를 즐겁게 이어가기 위해 제가 선택한 방법은 '돈을 사람이라고 생각하고 놀기'였습니다. '이렇게 벌고 쓰는 법에 대해서 돈은 어떻게 생각할까?'라는 시점에서 돈에 대한 저의 사고방식, 말과 행동을 항상 곱씹어보는 겁니다. 그냥 떠오른 김에 시작한 장난 같은 아이디어였지만, 너무 진지하게만 대하면 싫증날 테니 돈과 즐겁게 지내는 데 이것이 의외로 효과적이었습니다.

일반적으로 말하는 돈과의 관계와는 상당히 동떨어져

있지만, 제 시점에서 돈을 바라보는 일은 지금까지 몰랐던 돈이 지닌 가능성을 넓혀가는 즐거움이 있었습니다. 지금까지 그저 벌고 쓰기만 했던 것에 불과했던 돈에 나만의 독창성을 입혔더니 돈이 새로운 얼굴을 하고 마치 사람처럼 입체적이 되어갔습니다.

돈의 의미나 쓰는 법도 그저 주어지는 것이 아니라 제 말과 행동에 따라 만들어나갈 수 있었죠.

물론 제 생각이 옳다는 이야기는 아니고요. 100명이 있다면 돈을 보는 시각도 100가지가 존재하는 법입니다. 돈과의 관계는 즐겁고 스트레스 없이 이어가는 것이 중요하므로 제가 발견한 방법 말고도 본인이 즐길 수 있는 방법이라면 뭐든 좋습니다. 그럼 지금부터 '돈을 인격화해서 놀기'의 구체적인 예를 열거해보겠습니다.

75억분의 1의 확률로 만난 돈

옛날부터 소박한 의문이 있었는데, 전 세계에 퍼져 있는 돈의 총량은 어느 정도일까요? 저는 경제에 관해서는 문외한

이므로 잘 모르겠지만, 인터넷에서 '돈, 총량'으로 검색하니 일설에 따르면 17경 6천조 엔이라고 나오더군요. 가령 제 연수입이 앞으로도 계속 백만 엔이라고 한다면 단순 계산해서 80년 일해도 고작 8천만 엔인데, 세상에 나돌고 있는 대부분의 돈과는 평생 만날 수 없다는 뜻이죠.

돈의 입장이 되어봐도 역시 거의 모든 사람과는 평생 만나지도 못할 겁니다. 전 세계 인구가 75억 명 가까이 있으니까 제가 돈이라면 누구의 곁에 가게 될지 분명 다른 돈을 통해 소문을 들어보고 나름 진지하게 고민을 해볼 겁니다. 그건 정말 아득한 작업이겠죠.

돈은 그런 엄청난 마음을 먹고 저를 선택해준 겁니다. 그렇다면 지금 내 눈앞에 있지도 않은 1억 엔을 생각하고 있을 여유 따위 없습니다. 내 수중의 수십만 엔이 훨씬 중요하죠. 저에게 와준 돈만이라도 되도록 많은 사람이 행복해지도록 써야 할 것 같고, 그때가 올 때까지는 제 지갑 속에서 쾌적하게 지내길 바라게 되었죠.

인격화하면 애착이 생긴다

돈을 어떻게 인격화하나 싶겠지만, '목숨이 없는 물건을 인격화'하는 게 딱히 유별난 일은 아닌 듯합니다. 예를 들어 비 오는 날 어머니가 아이에게 '자전거가 감기 걸리니까 집 안으로 들여주자'라고 말하는 경우가 많죠. 자전거는 인간이 아니니까 감기 걸릴 일도 없는데요. 그래도 이런 식으로 물건을 인격화하는 일은 저도 무의식적으로 자주 합니다.

저는 혼자 살지만 외출할 때 '다녀오겠습니다'라고 하고, 집에 오면 '다녀왔습니다'라고 말합니다. 저를 받아들여준 집에 인사하는 거죠. 매일 사용하는 노트북이 멈췄다가 정신을 차리면 '아이고, 고맙다, 고생했다!'고 격려해줍니다.

그러한 연장선으로 은거 생활을 시작하면서 비교적 자연스레 돈을 인격화하게 되었습니다. 물건을 인격화했을 때 좋은 점은 물건에 감사함과 애착이 생긴다는 겁니다. 돈도 예외 없이 인격화했을 때 가장 먼저 나타나는 변화는 역시나 '돈에 대한 감사함과 애착이 싹튼다'는 점이었습니다.

돈을 함부로 대하지 않게 되었다

감사와 애착이 생기면 점점 돈을 소중히 다루게 됩니다. 제가 돈을 함부로 다루지 않는다는 것을 설명하기 위해 일상적으로 하는 행동을 이야기해보겠습니다.

① 감사하기

돈에 감사하는 마음 갖기가 시작입니다. 돈을 쓸 때는 '쓰게 해줘서 고맙다'라는 마음을 담습니다. 하지만 실제로 소리 내서 말했다가는 계산대 직원이 수상하게 생각할 테니 짧게 '고마워'만 말합니다. 그다음은 집에 와서 말하면 되죠. 참고로 거슬러 받은 돈은 집에 와서 지갑 속에 정리할 때 하고 싶은 말을 다 하는데, 지불할 때 내는 돈은 낼 때만 말할 수 있으므로 결국 속으로 말하는 것에 가깝죠.

일본은 이런 말을 하기 편한 환경인 것 같습니다.

해외(특히 서양)였다면 매장의 분위기가 좀 다릅니다. 문화의 차이일 것 같은데, 말을 할 때 눈을 마주치지 않으면 '뭔가 숨기고 있다'는 이상한 인상을 준다는 거죠. 당연히

돈을 주고받을 때도 돈이 아니라 직원의 눈을 직시하면서 'Thanks!'라고 말하죠. 그래서 돈을 쳐다보기가 어렵습니다.

하지만 일본에서는 굳이 직원과 눈을 마주치지 않아도 이상하게 여기지 않으니 돈을 보면서 '고마워'라고 할 수 있습니다. 이상한 사람 취급은커녕 '예의 있는 손님'처럼 보일 수도 있습니다. 돈에 감사를 전하기 쉬운 나라에 태어나길 다행이죠.

② 정리하기

건네받은 지폐가 접혀 있거나 꾸깃꾸깃하면 잘 펴서 지갑에 넣습니다. 옷매무새를 단정히 정리해주는 걸 싫어하는 사람은 없으니까요.

지폐 방향도 맞춰서 넣어둡니다. 돈의 심정이 되어보면 위아래가 반대로 된 상태는 내 눈앞에 누군가의 발이 있는 것이나 마찬가지이니, 이왕이면 맞춰주는 게 기분도 좋지 않을까 싶습니다. 뒤죽박죽인 상태로 건네면 나중에 직원이 다시 정리하겠구나 싶은 마음도 있고, 저는 은거 생활 덕분에 시간이 남아돌기 때문에 바쁜 직원을 대신해서 그 정도는 해도 괜찮고요.

그리고 지폐를 넣는 방향은 머리가 위로 와야 하는지 아래로 와야 하는지도 모르겠습니다. 여러 설이 있는데, '위쪽으로 넣으면 돈이 그대로 빠져 나간다'는 이유로 아래쪽으로 넣는 사람도 있고, '머리가 위로 가야 정방향이다' '꺼내지 않으면 들어올 것도 못 들어온다'는 이유로 위쪽으로 넣는 사람도 있습니다.

어느 방향으로 넣든 상관없지만, 저는 개인적으로 위쪽

으로 넣어도 제 곁에 남을 돈은 남는다고 생각하므로 '언제든 나가고 싶을 때 나가렴'이라는 마음으로 위쪽으로 정리해서 넣습니다.

사실은 지폐의 방향보다도 '나는 항상 돈에 신경 쓰고 있다'는 마음이 돈에 전해지는 게 더 중요합니다.

③ 사과하기

이 책에 쓴 내용을 항상 완벽하게 지키고 있냐 하면 꼭 그렇지도 않습니다. 어떻게 하면 돈이 기뻐할까 주의하면서도 잘 안 될 때도 있고, 깜박 실수할 때도 있습니다. 외식할 때 종종 그러는데요. 저는 지금 대만에 사는데(특히 아시아권에 있을 때), 그 나라가 아닌 외국 자본 회사에 돈이 흘러가지 않게 주의합니다. 그 나라에 살고 있을 때는 그 지역 사람들이 더 이득을 보게끔 돈을 써야 그 나라 사람은 물론이고 그 나라의 돈도 기뻐할 것 같아서죠.

하지만 잘 모르는 동네를 다니다가 힘들어서 어디서 뭘 먹을지 생각할 기운조차 남아 있지 않을 때는 어쩌다가 글로벌 체인의 패스트푸드점에 흐느적흐느적 빨려 들어갈 때도

있습니다.

그럴 때도 너무 비굴해질 필요 없습니다. '쓰게 해줘서 고맙다'라는 마음으로 '미안!' 하고 마음속으로 사과하고 돈을 내고 맛있게 먹습니다.

④ 설교하기

설교라고 해서 뭐 대단한 것은 아니고, 이건 알아줬으면 좋겠다, 싶은 게 있을 때 돈에 말을 걸어봅니다. 알고 보니 자주 이야기하는 주제는 '내가 돈을 건넨 사람이 돈을 어떻게 다루는 사람인지, 잘 알아보고 갔으면 좋겠다'는 내용입니다.

돈이 많다고 해서 꼭 좋은 사람이라는 보장은 없죠. 직원을 착취하는 악덕 회사나 탈세를 일삼는 다국적 기업에 넘어가서 수뇌부의 일부만 독점한다면 돈이 세상에 순환되지 않는 상태가 될 겁니다. 그건 너무 슬픈 일이지요.

늘 조심하기는 하지만, 나도 모르게 그런 회사에 돈을 줘버릴 수도 있죠. 그래서 스스로 경계심을 갖고 돈을 타이를 때가 있습니다.

정말 두서없이 사소한 것들이지만 사실 이러한 작은 행동이나 습관은 제가 예전에 읽었던 『부자의 습관』 같은 책에 많든 적든 '반드시'라고 해도 좋을 만큼 이미 언급되었던 내용입니다. 당시에는 '진심으로 하는 소리인가?' 싶었지만 지금은 조금 알 것 같기도 합니다. '부자가 되고 싶어서'가 아니라 그저 단순히 돈이 예쁘고 돈을 너무 좋아한 결과가 이렇게 나타난 사람도 있을 수 있겠구나, 싶습니다.

실제로 『부자의 습관』과 같은 책에는 손익이라는 기준으로는 판단할 수 없이 '진심으로 하는 소리인가?'라는 말이 절로 나오는 비합리적인 행동이 많이 실려 있습니다. 참고로 제가 지금까지 읽었던 것 중에 제일 놀랐던 것은 '지폐가 더럽고 꾸깃꾸깃해지면 씻고 널고 말린 다음 다리미로 쭉 펴서 새 지폐처럼 만들어라'라는 내용이었습니다.(웃음)

깨끗하든 더럽든 돈은 돈입니다. 쓰는 데는 문제가 없으니 그렇게까지 할 필요는 없겠지만요. 저도 마른 천으로 더러운 부분을 닦아내는 정도일 뿐, 저렇게까지 행동하지는 않습니다. 해도 안 해도 '나와 사회의 넉넉함'에는 아무런 영향이 없을 겁니다. 하지만 그 이면에 '돈의 심정'이라는 판단 기준이 있다고 한다면 지금의 저로서는 아주 이해가 갑니다.

개인 차는 있지만 일본인은 돈을 아주 소중히 다루는 민족입니다.

제가 지금 살고 있는 대만이나 세계 일주를 하다가 들렀던 미국에서는 가게에서 물건을 사면 주머니에 쑤셔 넣었던 모양 그대로 구겨진 지폐가 저에게 오는 경우가 있었습니다. 인도 같은 곳은 더 심한데, 찢어진 지폐를 극단적으로 싫어해서 다들 남에게 넘기기만 합니다. '찢어진 지폐는 쓸 수 없다'

는 법은 없는 것 같은데, 찢어진 지폐는 가게나 상인이나 잘 받아주지 않기 때문에 다들 열심히 깨끗한 지폐 사이에 찢어진 지폐를 끼워서 씁니다. 물론 그런 분위기를 몰랐던 저는 찢어진 지폐를 바로 받아버린 탓에 그 돈이 좀처럼 제 곁을 떠나가지 않았죠.(웃음)

모두 찢어진 지폐는 가치가 없다고 생각하니까 못 쓴다는 겁니다. 이는 거꾸로 돈에 가치가 있다고 믿으니까 쓸 수 있다는 뜻이나 다름없죠. 하지만 일본에서는 ATM에서 돈을 인출할 때는 물론이고 편의점에서 물건을 살 때도 거스름돈으로 새 돈이 돌아올 때가 자주 있습니다. 사람에 따라서는 돈을 접어서 주머니에 넣기는커녕 반지갑에 넣어서 반으로 접히는 것조차도 싫어서 장지갑을 쓰는 사람도 있습니다. 참 놀라운 일이죠. 세계를 돌아봐도 이렇게 돈을 소중히 다루는 민족은 흔치 않습니다.

그래서 저는 일본인이 해외로 좀 더 많이 이주해서 그 나라의 돈을 소중히 다루고, 돈 사이에서 '일본인은 돈을 막 다루지 않는다'고 소문이 퍼져서 일본인 곁으로 외화가 몰려드는 망상을 품곤 합니다.

돈에 부끄럽지 않도록

돈을 인격화하면 돈을 쓸 때는 물론이고 쓰지 않을 때까지 포함한 평소의 내 언동을 주의해서 관찰하게 됩니다.

왜냐하면 늘 '돈은 사람을 지켜보고 있다'는 망상을 하기 때문입니다.

가끔 오늘 쓴 돈이 내 곁을 떠나서 잘 사는지 궁금할 때가 있습니다. 그곳에서 직전의 주인이었던 저에 대해서 뭐라고 이야기할지 궁금합니다. 제가 돈이었다면 주인에게 '돈 따위 없었으면 좋았을걸'이라는 소리나 듣고 기분 나쁘게 사용되면 그 주인을 평생 기억했다가 두 번 다시 돌아가지 않을 것 같습니다. 아니면 음식점에서 손님이라는 입장을 내세우면서 직원에게 거만한 태도를 보이거나 손님이 많은 매장에서 눌러앉는 걸 당연하게 여기는 주인의 손에 있다면, 아무리 부자라도 가까이 가고 싶지 않을 것 같습니다.

돈이 저를 그런 식으로 여기면 안 되니까 돈을 쓰지 않을 때도, 보는 눈이 없더라도 알아서 겸손해지더군요. 음식점에서는 식사를 마치면 바로 치울 수 있게 접시를 정리해놓고,

음식 흘린 것을 냅킨으로 닦아두고, 계산할 때는 직원에게 '잘 먹었습니다'라고 인사합니다. 늘 잊지 않고 그렇게 합니다.

반대로 음식점 중에는 '내가 이렇게 훌륭한 음식을 이 정도 가격에 먹게 해주는 거야'라는 태도를 노골적으로 드러내는 가게도 있습니다. 제가 돈이었다면 이러한 가게에도 넘어가고 싶지 않을 겁니다. 손님으로 두 번 다시 안 가겠죠.

저의 소중한 돈들이 어디 사는 어떤 사람의 손에 넘어갈지, 그 사람이 돈을 소중히 다뤄줄지 잘 확인할 겁니다. 돈의 행복이 지불하는 사람의 몫이라면 제 책임은 중대하니까요.

돈을 쓰는 국면이 아니더라도, 예를 들어 공원 벤치에 지갑이 떨어져 있다면 어떻게 할까요? 돈의 시점이 없었다면 그냥 '앗싸' 하면서 갖거나, 파출소에 갖다 주거나, 혹은 주인이 잃어버린 것을 깨닫고 바로 돌아올 수도 있으니 그대로 내버려 둬야 한다고 생각할 수도 있습니다.

저라면 틀림없이 '파출소에 갖다주기'를 선택할 겁니다. 내버려두면 주인이 돌아올 수도 있지만, 그사이에 누가 훔쳐갈 수도 있죠. 무엇보다도 지갑 속의 돈이 저를 지켜보고 있습니다. 돈은 보고도 못 본 척하는 저를 뭐라고 생각할까요?

어쩌면 다른 돈에게 '얼마 전에 그 은거 생활하던 놈에게 버림받았어'라며 눈물로 호소할 수도 있습니다. 그런 일이 벌어지지 않도록 파출소에 바로 갖다 줄 겁니다. 만약 주위에 사람이 많아서 훔치는 걸로 오해를 살 것 같다면, 적어도 근처 파출소에 지갑의 색깔이나 형태, 발견 장소 등을 신고할 것 같습니다.

제가 돈이라면, 어디 사는 누구의 돈인가로 차별하지 않고 그저 자신을 깨끗하게 다뤘다는 점만 분명히 기억할 겁니다. 돈의 시점을 고려하면 결코 비겁한 행동을 하지 못합니다. 저에겐 눈앞의 손익보다도 장기적인 관점에서 돈의 신뢰를 얻는 일이 훨씬 중요하기 때문입니다. 그때 파출소에 갖다 준 돈이 무사히 주인의 품으로 돌아가서 잘 사용되고 언젠가 나에게 와줄 수도 있습니다. 그렇게 생각하면 소득이 적더라도 하루하루가 즐거워집니다.

돈을 꼭 인격화하라는 이야기는 아니지만, 이런 시점이 있고 없고에 따라 평소의 행동이 달라진다는 점이 중요합니다. 항상 제삼자의 시선에서 만사를 바라볼 수 있죠. 나를 관리하는 데 매우 도움이 됩니다. 나 이외의 시점을 가지면 만

사를 다방면으로 바라볼 수 있으니 즐겁고, 쓸데없는 돈을 쓰는 실수도 줄어들 겁니다.

왜 돈이 없는지 돈의 심정이 되어 보기

쓰이는 돈의 심정을 상상해보면 제가 도심에서 일했을 때 항상 궁핍했던 이유를 알 것 같습니다.

그때는 매일 아르바이트를 했기 때문에 은거 생활을 할 때보다 연 수입은 훨씬 많았습니다. 그렇지만 집세나 세금이 너무 비싸서 금전적인 여유가 전혀 없었습니다. 그렇다 보니 돈을 쓸 때 이렇게 써버리면 이번 달에 괜찮을지 매우 살벌한 심정이었죠. 집세나 세금을 입금할 때 분명 오만상을 찌푸리고 있었을 테고요. 돈이 어떤 심정으로 제 곁을 떠나갔을지 떠올리면 정말 나쁜 짓을 했구나 싶습니다.

제가 돈이었다면 연 수입이 아무리 많더라도 그런 불편한 마음으로 쓰일 바에야 수입이 적어도 상관없으니 행복하게 써줄 사람의 손에 들어가고 싶습니다.

고쿠분지시의 초저렴 주택으로 이사했을 때는 그저 비

싼 생활비에서 도망칠 생각만 했는데, 만일 당시의 저에게 돈의 시점이 있었다면 아슬아슬한 생활을 돌아보고, 저도 돈도 조금 더 행복해질 수 있도록 같은 선택을 했을 겁니다.

지금 저는 돈에 인기가 있는 것 같지는 않지만, 다행히도 연 수입 100만 엔을 벌며 힘들게 살지는 않습니다. 그러니 나쁜 사람 취급은 당하지 않을 만큼 돈과의 신뢰를 회복한 것 같습니다. 특히 집세를 갱신하거나 매년 한 번씩 본가에 갈 때 타이밍 좋게 일회성 아르바이트를 하게 되어 과부족 없는 임시 수입이 들어오기도 합니다. 마치 돈들이 모여서 이야기를 나누고 저에게 필요한 만큼의 돈을 보내주는 듯한 신기한 경험을 할 때도 있습니다.

도심에서 일만 했을 때는 수입은 더 많았을 텐데도 불구하고 항상 돈이 부족해서 힘들었습니다. 은거 생활을 하면서 수중의 돈을 소중히 다루었더니 항상 돈이 충분한 상태가 되고, 추가로 필요해지면 필요한 만큼 돈이 들어오네요. 이러한 일을 몇 번이고 경험했기 때문에 지금은 최저한의 생활만 가능하다면 돈 때문에 급하게 행동하지 않습니다. 하고 싶은 일이 있을 때 돈이 타이밍 좋게 들어와주면, 돈이 그 일을 하라고 응원해주는 것 같습니다. 와주지 않는다면 '지금은 그럴 때가 아닌 거구나, 큰 문제는 없겠지' 하고 단념하죠. 그런 식으로 편하게 생각하려고 합니다.

매일 일을 하는데도 이상하게 돈이 부족하다고 느낄 때는 사용되는 돈의 입장이 되어서 내 행동을 돌아보면 뭔가 힌트가 생길 수도 있습니다.

돈의 행복을 빌어주기

나와 사회의 행복은 물론이고, 돈의 행복까지 생각하다 보면 솔직히 반드시 내 곁에 남들만큼의 돈이 와준다고 해서 돈이 행복해질 것 같지는 않습니다. 왜냐하면 저는 숨 쉬는 것만으로도 하루하루가 감사한 사람이고, 필요한 게 그리 많지 않거든요. 게다가 돈을 쓰는 상황이 많아질수록 피곤해져서(매번 생각이 많아서 그런 것 같지만), 가령 제가 억만장자가 된다 한들 하루에 쓰는 돈의 양은 뻔할 겁니다. 많은 돈이 창고에서 썩어가는 상태는 저는 물론이고 저와 돈을 포함한 이 세상에도 너무 아까운 일이죠. 돈도 '돈'이라는 역할로 분명이 세상에 존재하는 것인데, 그 누구에게도 도움이 되지 않는 상황은 1초라도 줄여주면 좋겠죠.

최소한으로 필요한 돈만 있어준다면 그 이상의 돈은 제 은행 계좌가 아니라도 괜찮고, 다른 세계의 더 많은 사람에게 도움이 되어주며 신나게 즐겨주면 좋겠습니다. '귀한 자식일수록 고생을 시켜라'라는 말을 따르는 것은 아니지만, 돈의 행복을 바란다면 저에게만 많은 돈이 머무를 이유가 없죠.

그러니 앞으로 무슨 일이 벌어져서 많은 돈이 저에게 와주려 한다고 해도 그것이 돈과 제가 존재하는 이 세상의 행복과 넉넉함에 공헌하지 않을 듯하다면 그 돈을 거절할 가능성도 있을 것 같습니다.

돈은 왜 이 세상에 태어났는가

'한 명이라도 많은 사람에게 도움이 되는 일'이 돈의 행복이라고 믿습니다. 그 이유는 돈이 무엇을 위해 이 세상에 태어났느냐는 원점으로 돌아가면 보입니다.

돈이 탄생하기 이전에는 필요한 물건이 있으면 물물교환

을 해야 했습니다.

가령 제가 밭에서 감자를 재배한다고 가정해보죠. 쌀이 필요하면 비슷한 가치를 지닌 감자와 교환해야 합니다. 쌀 정도는 괜찮은데 만약 모피와 교환하려면 어떨까요? 모피는 감자와 비교하면 만들기 어려운 희귀품입니다. 필요한 사람의 숫자에 비해 물품 숫자가 적어 가치가 높기에 감자가 100킬로그램 필요할 수도 있습니다. 그렇게 많이 짊어지고 갈 수도 없는 노릇이고 감자를 받는 사람도 100킬로그램이나 되면 다 먹지도 못하고 썩히고 말겠죠. 심지어 감자가 필요 없다고 하면 물물교환 자체가 성립되지 않습니다.

모두가 좀 더 편한 좋은 방법이 없을지 고민한 결과, 등가 교환용 도구로써 그 자체에 가치가 있다고 모두가 인정하는 돈이 발명된 겁니다.

돈이 탄생하면서 사람들은 필요한 것들을 서로 교환하기 위해 굳이 무거운 것을 들고 다닐 필요가 사라졌습니다. 게다가 돈이라면 썩을 일이 없겠죠. 그러니 많이 갖고 있다고 해서 딱히 문제가 생길 일도 없고, 언제든 필요한 물건과 교환할 수 있습니다.

이런 경위를 따져보면 돈이란 결국 일시적으로 벌고 모을 수는 있어도 최종적으로는 정해진 사람이 독점하기 위해서가 아니라, 더 많은 사람이 편리하게 사용할 수 있도록 탄생한 것입니다.

돈이 이 세상에서 사라지는 날

그러한 역할을 하려고 탄생한 돈이므로 제 역할을 하지 않는다면 이 세상에서 사라지는 날이 오겠죠. 옛날에는 돌이나 조개껍데기를 돈 대신 썼고, 지폐 같은 새로운 돈이 등장하면 옛 돈이 사라지는 수순을 반복했습니다. 눈 깜짝할 새에 또 그렇게 되겠죠. 일본에서도 전자화폐로 결제할 수 있게 되었고, 현금 신용도가 낮았던 중국이나 인도도 이제 작은 포장마차에서도 스마트폰 애플리케이션으로 결제가 가능해질 정도로 캐시리스cashless 사회가 되었습니다.

중국 친구에게 물어보니 '위챗WeChat'이라는 앱으로 QR 코드를 찍기만 하면 자동적으로 사용한 만큼 은행 계좌에서 인출된다고 하더군요. 소비자도 가게도 돈을 주고받는 수고를 덜 수 있고 만약 도용되어도 이력이 남으니까 흔적을 찾기 쉽죠. 전자화폐의 유일한 약점은 전기와 인터넷에 의존한다는 점 정도일까요?

돈 입장에서 보자면 지금보다 편리한 돈의 형태나 도구가 탄생한다면 그것으로 교체되는 게 당연한 흐름입니다.

돈 대신 얻을 수 있는 물건이나 서비스가 아니라 돈 자체에 애착이 있는 저 같은 사람에게는 돈이 없는 세계란 조금 쓸쓸할 것 같습니다. 하지만 돈이 역할을 갖고 이 세상에 존재하는 동안에는 1엔이라도 허투루 쓰지 않도록 돈과 내가 사는 세상의 넉넉함을 위해 써주고 싶은 마음입니다.

웃는 얼굴로 보내주기 위해

이런 식으로 망상하고 놀면서 돈을 인격화하다 보면 점점 진짜로 돈 자체가 하나의 인격을 갖고 제 곁에서 떠나가는 기분이 듭니다. 물론 물리적으로 멀어지는 것이 아니라 돈이 제 지배를 벗어나 자립해가는 느낌이죠.

사실 돈은 사람 같은 면이 있습니다. 뭐든 욕심을 부리자면 끝이 없지만, 예절을 잘 갖춰서 대하면 굳이 지배하지 않아도 언제든 필요할 때 필요한 만큼 있어줄 것이고 그게 훨씬 편합니다. 저소득 생활을 통해 실감했죠.

지금 저에게는 1엔도 빠져나가지 않도록 돈을 필사적으로 제어하고 남들보다 많이 버는 것이 아니라, 돈이 놀러 오고 싶은 사람이 되도록 항상 긴장하며 사는 것이 중요합니다.

구체적으로 말하자면,

- 내가 바라는 나의 모습을 남의 판단에 맡기지 말고, 인생의 조종간을 내가 잡고 하루하루를 꾸준히 잘 살 것
- 별일 없는 하루라도 무사히 살 수 있음에 감사할 것
- 소득이 적다고 해서 비굴해지지 말고, 소득이 많다고 해서 돈이나 사람을 우습게 보지 말 것
- 다른 사람을 부러워하지 말고 지금 눈앞에 있는 사람과 물건과 돈을 소중히 할 것
- 어차피 같은 돈을 쓰는 것이라면 어떻게 한 명이라도 더 많은 사람이 행복하고 즐거워질 수 있는지 늘 진지하게 고민할 것

- 돈의 양과 용도의 옳고 그름에 흔들리지 말고 부정적인 감정에 휘둘리고 있지 않은지 잘 확인할 것
- 정말 중요한 가치가 무엇인지 생각하는 과정을 방해하고 온갖 방법으로 마음을 조급하게 만드는 것은 단호히 거부할 것

이런 식으로 장기적인 관점에서 돈의 신뢰를 얻을 수 있을 만한 말과 행동을 하나씩 1년 단위로 축적해가는 겁니다.

물론 아무리 소중히 다뤄도 돈도 제 나름의 사정이 있는 법이니 떠날 때가 되면 떠나갈 겁니다. 여행을 나서는 돈을 웃는 얼굴로 배웅할 수 있도록, 그리고 다시 연이 닿아 돌아왔을 때는 따뜻하게 맞아줄 수 있도록 할 것이고요. 일단 무엇보다도 제 인생을 즐겁게 살아갈 겁니다.

대담

'넉넉하다는 건 무엇일까?'

- 쓰루미 와타루 X 오하라 헨리

• **쓰루미 와타루** 프리랜서 작가. 1990년대부터 어떻게 하면 편하게 살 수 있을지를 주제로 책을 쓰고 이야기를 전하고 있다. 저서로는 한국에도 번역 출판된 『무전 경제 선언』(2019) 외에 『탈자본주의 선언』 『완전 자살 매뉴얼』 등이 있다.

오하라 쓰루미님도 최근에 '돈'을 주제로 책(『무전 경제 선언』)을 출판하셔서 이번에 대담을 부탁드렸어요. 우리가 어떻게 만나게 되었는지부터 이야기하는 게 좋을까요? 아무도 모르실 것 같은데.

쓰루미 뭐 엄청난 스토리가 있는 건 아닌데.(웃음) 사는 지역이 우연히 비슷했을 뿐이죠.

오하라 같이 아는 지인이 있는데 어느 날 쓰루미님 집에서 식사 모임을 가졌어요.

쓰루미 그랬나요?

오하라 네. 아마 처음 뵌 건 그때였을 걸요.

쓰루미 그리고 지금은 오하라가 대만에서 귀국해서 어제부터 우리 집에서 묵고 있죠.

오하라 감사한 이야기죠. 아, 이것도 『무전 경제 선언』의 내용이랑 이어지네요?

쓰루미 그렇죠, 그렇죠. 잘 곳 없는 사람이 있으면 재워주라는 이야기가 있죠. 오하라가 우리 집에서 음식도 만들어 주니까. 서로에게 도움이 되는 거죠.

오하라 저는 요리와 청소를 좋아하거든요. 일본에 잠시 와 있는 동안은 친구 집을 전전하면서 사는데, 요리랑 청소는 누구에게나 환영받아요.

쓰루미 저는 그래서 호텔에 머물 돈이 있어도 0엔으로 친구들 집에서 신세를 지는 게 더 넉넉한 행위라는 가설을 주장하고 있죠. 실제로 그렇게 믿어요. 그로써 여러 인연이 만들어지기도 하고요.

오하라 그게 바로 '작아도 넉넉한 경제를 만드는 법'이죠?

쓰루미 그렇죠. 하지만 당연하게도 인생 전체를 0엔으로 살자는 이야기는 아니고요. 물건을 주고받고, 우리 집에서 재워주고 남의 집에서 자고, '이렇게 주고받는 것들'을 0엔으로 해결했으면 한다는 뜻이죠.

오하라 꼭 돈으로만 해결해야 하는 상황은 너무 피곤하잖아요. 돈을 벌고 쓰는 데 재주가 없는 사람도 있으니까. 쓰루미님도 저도 아마 그런 스타일인 것 같아요.

돈 이외의 해결책

쓰루미 독일에 하이데마리 슈베르머[26]라는 여성이 계세요. 2016년에 돌아가셨는데, 그분은 줄곧 0엔으로 살았어요. 20년 정도 돈을 한 푼도 쓰지 않고 나를 재워줄 사람들의 집에서 집안일을 도와주면서 0엔으로 살았어요. 그분의 관계 관리 능력이 참 대단하죠.

오하라 특수한 재능이에요. 어떨 때는 모르는 사람 집에서도 묵었다고 하던데요.

쓰루미 독일에서는 유명인이었대요. 오히려 모시기 경쟁이 있지 않았을까 싶은데요. 〈Living without money〉라는 다큐멘터리 방송이 있었는데, 다음 집으로 가려고 하면 다들 '가지 마세요!' 하는 분위기더라고요. 그쯤 되

---

26 1942년 동프로이센의 메멜에서 태어났다. 세 살 때 가족과 함께 서독으로 이민을 가서 초등학교 교사가 되었다. 하지만 교육 이상을 실현할 수 없는 현실에 실망해 학교를 그만두고, 1982년 뤼네부르크로 이사했다. 그곳에서 심리학과 사회학을 공부한 후 심리치료를 배운 그녀는 도르트문트에서 심리상담소를 개설했고, 1994년 그녀는 '주고받기센터'를 설립하였다. 2년 후 가진 재산을 모두 나눠주고 2016년 세상을 뜰 때까지 돈 없이 살았다. 『소유와의 이별』을 썼다.

면 완벽한 0엔 생활이라고 할 수 있겠지만, 저는 그렇게까지는 못할 것 같아요.

오하라 그런 얘기를 솔직히 하시는 게 오히려 『무전 경제 선언』을 믿을 수 있는 이유죠.

쓰루미 사람의 인연은 아름답게 포장될 때가 많은데, 기본적으로는 팍팍한 거니까요.

오하라 팍팍한 면이 훨씬 크죠.

쓰루미 하지만 인간관계가 전무해도 괜찮다는 사람은 또 없거든요. 결국 내 취향에 따라서 인간관계를 쌓았다가 혼자가 되었다가 할 수 있으면 좋겠어요. 현대 사회는 인연 대신에 돈으로 모든 것을 해결하니까요. 여기서 다른 책을 예로 들자면…….

오하라 『당신의 보통에 맞추어 드립니다』(고바야시 세카이) 말이죠.

쓰루미 네, 고바야시 작가님이 경영하는 '미래식당'은 가게 일을 한 시간 도와주면 1회 식사를 무료로 제공하는 시스템인데요. 이 시스템의 장점은 화폐 터널을 지나지 않는다는 거죠. 현재 세상은 기본적으로 모든 것이 화폐 터널을 지나야만 일이 진행되잖아요. 뭘 하든 한 번은 돈을 경유하는 게 당연해졌어요. 그래서 오하라나 나는 '하나부터 열까지 전부 돈이라는 터널을 거칠 필요는 없지 않느냐'고 주장하는 거고요. 저는 누구를 재워줘도 돈을 받지는 않거든요. 나한테 밥을 만들어주면 충분하지 뭐, 그러거든요.

오하라 돈이라는 루트를 통해서 필요한 서비스나 상품을 얻지 않아도 '미래식당' 같은 방법을 많이 만들면 될 텐데요.

쓰루미 이 세상에는 노동에 재능이 없는 사람도 많은데, 어딘가에 취직하면 꼭 '요령'이 중요해지잖아요.

오하라 그렇죠.

쓰루미 일단 그 요령이 없다 보니 문제가 생기죠. '네! 알겠습니다!' 대답도 잘 못하는 사람이 제 주변에는 많거든요. 그런데 노동은 좀 못하지만, 주변을 잘 챙기는 사람이 있단 말이에요. 그렇다면 다른 방향으로 노동 비슷한 행위를 할 수 있는데, 돈의 터널을 지나야만 하니 사회에서 그들에게 너무 큰 고통을 안겨주는 거죠.

오하라 사실 취업의 시작 지점에서 요구되는 수준이 너무 높은 것 같아요. 일단 꼭 주 5일 근무를 해야 하고.

쓰루미 맞아요. '제대로 된 인생'을 살려면 기본적으로 인생의 대부분을 일에 바쳐야 하죠. 힘든 인생이 마치 당연한 것처럼. 그렇게 살지 않는 방법을 찾지 않으면 사회에 적응하기 힘든 사람들에게 밝은 미래는 없더라고요.

오하라 돈에 대한 의존도가 시간이 갈수록 커지고 돈 이외의 해결책이 줄어들고 있어요. 한편으로는 그런 상황에 대한 카운터펀치처럼 '미래식당'이나 쓰루미님 책과 같은 새로운 방법도 나오고 있죠. 새롭기는 하지만 사실 옛날부터 있었던 방식 같기도 하고요.

쓰루미 맞아요. 장기적으로 보면 사실 돈을 써서 인간관계의 번잡함을 생략하는 게 더 새로운 방법이죠.

오하라 돈으로 해결하면 처음에는 편할 거예요. 돈을 쓰면 귀찮은 굴레가 사라지고 쿨하게 이야기가 진행되니까 처음에는 그게 좋았겠죠.

쓰루미 그런데 지금은 너무 심해요. 정도를 다시 봐야 할 시기가 된 것 같아요.

오하라 일본에 돌아온 뒤로 가끔 호텔에 묵을 때도 있거든요.

그러면 '나는 이 고립을 돈으로 샀다' 싶어요. 그치만 다른 사람 집에 묵으면 항상 누군가랑 같이 있어야 하니까 호텔에 묵으면 '아무도 안 만나도 되는 상태를 돈으로 샀다'는 느낌도 들어요. 그런데 솔직히 말하자면 둘 다 좋아요. 어느 하나만 고르는 건 또 힘들어요.

쓰루미 그렇죠. 그건 매 상황에 맞춰서 편한 방법을 택해야죠.

인연은 중요한가?

오하라 저는 지금 주 이틀 근무가 너무 행복해서 그렇게 살고 있는데, 해보고 나서야 비로소 그 행복을 알았어요. 전에 매일 일했을 때는 일하지 않고 사는 건 너무 힘들겠구나, 싶었는데.

쓰루미 도박 같은 심정으로 일을 관둔 거였군요.

오하라 맞아요. 뛰어내리기 전에는 너무 불안했거든요. 그런데 일하는 게 견디기 힘들어졌을 때 그만두기로 도박을 걸었죠.

쓰루미 아아, 망설였나 보네요.

오하라 네. 불안감은 지나가면 잊히는 법이지만, 돌이켜보면 아무런 보장도 없었으니만큼 벌벌 떨면서 이사했던 것 같고요. 이번 책을 쓰면서 여러 생각을 했어요.

쓰루미 그렇군요. 나도 대학을 졸업하고 대기업에 취직했지만, 퇴사 후 프리랜서로 사니까 두 생태계를 다 알아요.

오하라 쓰루미님이 훨씬 낙차가 심한 것 같은데요.(웃음)

쓰루미 맞아요. 회사원을 그만두기 직전까지는 직장 내 인간관계가 과잉 상태라서 힘들었어요. 그래서 그곳에서 벗어나 프리랜서가 되니까 이번엔 반대로 관계가 다 사라져 조금 아쉽더라고요. 그래서 1992년쯤이었나? 컴퓨터 통신 시절이었는데 당시에 그게 너무 참신해서 거기서 누군가 마음이 맞는 사람을 찾으려 열심히 활동했었죠.

오하라 1992년이면 제가 일곱 살이었네요.(웃음) 그때부터 컴퓨터 통신이라는 게 있었군요.

쓰루미 그 시절엔 지금의 인터넷이랑은 또 다른 게 있었죠. 절실하게 마음이 맞는 사람을 찾고 싶었어요. 지금은 반대로 더 이상 인터넷 인연을 늘린다 한들 걸치레뿐인

관계가 늘어나는 듯해서 '조금 더 현실적인 인연을 늘려야겠다' 싶고요.

오하라 인연을 쌓고 싶은 사람하고 이어지는 건 괜찮은 거죠. 저도 소수이긴 하지만 이어지고 싶은 사람하고는 계속 이어져 있었으면 싶어요. 기본적으로 인간관계를 바라지 않는 스타일이라서 사교성이 안 좋은 편이지만요. 저도 그렇다고 아주 차가운 사람은 아니거든요?(웃음)

쓰루미 소통 장애로 인간관계가 서툰 사람들도 다른 사람들과 완전히 단절되어 살고 싶어 하지는 않을 거예요.

오하라 맞아요.

쓰루미 내가 아는 '사회에서 도망쳐 나온' 사람들은 의외로 인연을 중요하게 생각하고 오히려 그런 인연을 좋아하기도 해요. 그런 사람 중에서는 오하라가 굉장히 특이한 걸 수도.

오하라 그럴 수도 있어요. 파pha[27]님이나 산속 공유 주택에서 사는 분들도 언뜻 보면 모든 인연을 끊고 속세를 떠나 사는 사람 같지만, 사실은 굉장히 인연을 귀하게 여기시거든요. 저는 혼자 지내는 걸 워낙 좋아하다 보니 가끔은 '내가 그냥 고독을 잘 견디는 것뿐인가' 싶을 때도 있어요. 만약 그런 거라면 제가 쓰는 글은 그 누구에게도 도움이 되질 않겠구나 싶지만요.

쓰루미 에이, 그렇지는 않고요. 본인이 정답을 주지 못하더라도 세상에 질문을 계속 던지는 건 중요한 일이에요. 그렇게 하다 보면 언젠가 누군가가 좋은 해답을 주는 법이거든요.

---

27 일본에서 가장 유명하고 영향력 있는 니트족 철학자. 1978년 출생. 교토대학 종합인간학부를 졸업한 후 안정적인 대기업에 취직했다. 그러나 일에 아무런 꿈도 열정도 없어 3년을 근근이 버텼다. '미친듯이 일하기 싫다'라며 눈 뜨는 아침을 더 이상 견디지 못해 회사를 그만두었다. 그 후로 지금까지 한 번도 퇴사를 후회한 적 없다. 매일 어슬렁대며 빈둥빈둥 지내고 있다. 폭발적인 조회수를 자랑하는 저자의 블로그에 슬렁슬렁 살면서도 생활을 유지할 수 있는 방법을 알리고 있다. 게으른 사람들이 모여 사는 셰어하우스 '긱하우스GEEK HOUSE'를 만들었다. 저서로는 『빈둥빈둥 당당하게 니트족으로 사는 법』 『고향을 만들다: 돌아가면 먹고살 수 있는 장소를 가지는 생활법』(공저) 『소유하지 않는 행복론: 일하고 싶지 않다, 가족을 꾸리고 싶지 않다, 돈에 얽매이고 싶지 않다』 『하지 않을 일 리스트』 등이 있다.

오하라 그렇군요. 집단 지성 같은 작용이 생기는 거군요.

쓰루미 나도 그런 식으로 해요. 가령 누군가가 무얼 해줬을 때 답례품을 뭘로 줘야 할지 고민될 때가 있잖아요? 답례를 꼭 해야 하는지 애매할 때도 있고요. 주는 사람도 뭔가를 기대하고 주는 건 아니지만, 사소한 답례마저 없으면 처음부터 줄 생각조차 안 하지 않을까요? 그래서 그런 고민을 담은 글을 쓸 때 솔직하게 '잘 모르겠다'라고 써버리는데, 모두가 함께 생각해주더라고요.

오하라 그러다 보면 새로운 '답례' 스타일이 탄생할 수도 있다는 이야기죠?

쓰루미 그렇죠. 누군가가 좋은 아이디어를 줘요. 그런 방식도 괜찮지 않아요? 모르면 모르는 대로 독자에게 맡기는 거.

오하라 좋네요.

'돈이 아닌 능력' 키우기

오하라 답례 같은 경우 저는 복권을 나눠주는 게 좋더라고요.

쓰루미 그러고 보니 자주 줬었죠.

오하라 돈으로 답례하려고 하면 받지 않는 분이 많은데, 복권은 의외로 받아주시더라고요. 그래서 항상 복권을 들고 다녀요.

쓰루미 돈은 좀 부담스러운 느낌이 있죠.

오하라 네. 복권이면 받는 분도 심리 장벽이 좀 낮아지잖아요.

쓰루미 하지만 복권 자체가 돈에 가까운 건데, 재밌네요. 뭔가 당장 보탬이 되는 게 아니라 당첨되면 돈이 될 만한 것을 주는 거니까. 결국 인연에 투자하는 거잖아요?

오하라 오, 그렇네요?

쓰루미 돈을 안 써도, 복권을 주지 않아도, 가령 요리나 청소를 해주는 것도 일종의 저금이라고 할까? 사회에 뭔가를 저장해두는 행위죠. '소셜 캐피털(사회관계자본)'이라는 말 같은 거예요.

오하라 그러면 돈으로 전부 해결해버리는 현대 사회는 소셜 캐피털이 낮다고도 볼 수 있겠네요.

쓰루미 아주 낮죠. 옛날에 마을 단위 사회에서는 소셜 캐피털이 아주 넉넉했다는 뜻이 되기도 해요. 인연을 강화해서 '빚'을 만들어두고 내가 힘든 시기에 그 빚을 돌려받기도 하고. 그런 게 소셜 캐피털적이죠.

오하라 제가 지금까지 혼자 살 수 있었던 것도 아무래도 아직 젊어서 그런 것 같아요. 돈에 의존하지 않아도 스스로에게 의존하면 대개는 해결이 됐거든요. 하지만 이게 앞으로 50년 정도 지나면 누군가에게 의존할 수밖에 없는 상황이 올 거잖아요. 그러면 조금 더 소셜 캐피털을 강화하는 방향으로 가겠구나, 하는 예감은 들더군요.

쓰루미 그리고 그 누구하고도 엮이지 않으면서 돈을 쓰지 않는 방법도 있잖아요? 자연을 즐기거나 산나물을 캐 먹거나. '투자'라는 말은 좋아하지 않지만, 그런 것도 결국 투자의 일종이죠.

오하라 네, 자신에 대한 투자.

쓰루미 그건 소셜 캐피털이 아니고, 자본주의적인 것도 아니에요. 돈의 루트를 지나가는 방법 말고도 우회로가 많이 있는데, 그중 하나가 소셜 캐피털이고, 또 하나는 나의 '돈이 아닌 능력'을 키우는 방법이에요. 그래서 나는 자연을 즐기는 법까지 책을 냈죠.(웃음) 가령 잡목림도 보는 사람의 능력에 따라서는 즐거움이 아주 크거든요. 나무가 있고, 그 나무에 안개가 끼고, 저녁이 되고 새가 울고. 일본의 하이쿠俳句나 단카短歌[28]도 자연을 즐기는 능력을 아주 오랜 세월에 걸쳐 갈고닦아 만든 문화거든요. 마쓰오 바쇼松尾芭蕉[29]의 경지까지는 못 가더라도 내 능력을 키워서 그걸 최대의 오락거리로 삼는 거죠. 지금 사회는 그런 능력이나 방향성을 완전히 내다 버린 거나 마찬가지예요.

오하라 산나물을 채취하거나 채소를 키우는 능력도 마찬가지죠.

쓰루미 음식을 만드는 거니까 그건 완전 일이지.(웃음) 지금은 돈을 버는 것(=취직)만 일이라고 생각하지만.

오하라 산나물을 채취하러 가는 것도 일이라고 한다면 저도 일을 좀 하는 편에 속할 것 같아요.

---

28 일본의 전통적인 시가詩歌.

29 에도 시대 전기의 하이쿠 작가.

쓰루미 그렇죠. 소셜 캐피털에 투자하는 것도 일이라고 보자면 오하라는 워커홀릭에 가까워요. 과로사할 수도 있어요.

오하라 이루 말할 수 없이 바쁘죠.(웃음)

쓰루미 그러니까 인연을 전혀 필요로 하지 않는 사람이 없는 거나 마찬가지로, 아무 일도 안 하는 것 같은 사람도 사실은 일하기 싫은 건 아니에요. 소셜 캐피털에 대한 투자도 환산된다고 하면 사실 오하라는 상당한 고수익을 벌어들이는 거죠.(웃음)

오하라 그래서 연봉으로 보자면 빈곤층이지만, 나라가 정한 빈곤층에 속하는 건 아닌 것 같더라고요. 분명 돈은 많이 안 벌지만, 다른 사람이 돈으로 해결하는 문제를 다른 방법으로 해결해서 살고 있을 뿐이라는 의미로 말하자면, 저는 딱히 빈곤층인 것 같지도 않은데 쓸데없는 배려로 느껴지더라고요.

쓰루미 그렇죠. '하루 1달러 이하의 삶을 사는 사람 = 전부 가엾은 빈곤층'이라고 하더라도 그중에는 전통적인 사회에서 거의 돈을 쓰지 않는 삶을 사는 사람도 있는 거고. 그런 사람들은 소셜 캐피털이나 돈 이외의 것을 저축하고 있는데 그건 깡그리 무시당하죠.

오하라 그런 사람들은 소셜 캐피털로 보자면 오히려 부유층인데.(웃음) 빈곤하다는 게 대체 뭐죠?

쓰루미 글쎄요, 하지만 나는 일단 이런 화제에는 꼭 한마디 덧붙이려고 해요. '최저임금을 올려라'나 '정부 지원을 늘려라'나 그런 말도 한마디씩 하는 게 좋아요. 그런 태도도 필요하기는 해요.

오하라 방법은 많을수록 좋으니까요. '역시 빈곤층에게 돈을 주지 않아도 되는 거였어.' 이렇게 이상하게 이용되면 안 되니까요.

쓰루미 그렇죠.

오하라 하지만 저는 그런 논쟁에 휘말린 적이 없어요. 한쪽에서는 '좀 더 청년층의 임금을 올려서 사회보장을 어쩌고저쩌고' 하는 사람들이 있고, 반대편에서는 '스스로 노력해서 해결하고 어쩌고저쩌고' 하는 사람들이 있는데…… 저는 양쪽 모두와 멀리 떨어진 곳에 덩그러니 있는 느낌이에요. 아마 제가 누군가를 대표하는 것도 아니다 보니 '저 인간은 혼자서 뭔 소리를 하는 건지' 싶은가 봐요. 이게 『우리의 연봉 90만 엔 라이프』 같은 느낌이 되면 분명 어딘가로 휘말리겠지만, 혼자서 이렇게 하길 잘했다 싶어요. 나 같은 방식도, 제도를 이용해서 빈곤을 해결하는 방식도 전부 필요해요.

쓰루미 그런 이야기는 반드시 나눠야 해요. 임금도 올리고 소셜 캐피털도 늘려야 해! 둘 다 해도 되는 거예요.

오하라 중요한 건 한 사람 한 사람이 자신의 힘든 삶을 줄여나가는 거니까요.

돈은 모두의 것

오하라 이번에 돈을 인격화하면 돈과 좋은 관계를 구축할 수 있다고 썼거든요. 처음에는 장난처럼 시작했지만 내가 돈이었다면 이렇게 쓰이기 싫을 텐데, 내가 돈이라면 어떤 쓰임을 좋아할까, 이런 생각을 하면 항상 돈이 내 말과 행동을 지켜보는 것 같더라고요. 그랬더니 돈이 슬퍼할 만한 쓰임, 즉 낭비가 줄어들더라고요.

쓰루미 오, 그런 식으로는 생각한 적 없었는데, 만약 그렇다면 좋은 일에 쓰고 싶어지겠네요.

오하라 맞아요. 돈도 기뻐하고 슬퍼한다고 망상을 하다 보니 일단 나에게 와준 것만으로도 너무 귀엽더라고요.(웃음) 그런 돈을 모처럼 쓴다면 돈이 좋아할 만한 일을 하고 싶고, 그러면 뭘 하면 돈이 좋아할까, 여러 가지 명상을 하면서 제 나름대로 소비를 하죠.

쓰루미 그렇게 상상하니까 코카콜라를 마시거나 맥도날드에 가는 건 내가 돈이라면 그렇게 좋을 것 같진 않군요.

오하라 '미래식당'에서 쓰면 어때요? 새로운 가치를 낳는 데에 쓰는 게 나도 좋고 돈도 좋아해줄 것 같네요.

쓰루미 예를 들면 내가 좋아하는 사람이 모금하는 크라우드 펀딩이었으면 돈이 즉시 그 사람한테 전달되어 좋지요. 가령 내가 전혀 리워드를 못 받는다고 하더라도 돈이 기뻐할 테니까 보낸 보람이 느껴질 것 같아요.

오하라 그래서 놀이 감각으로 시작하긴 했는데 굉장히 재밌기도 하고, 의외로 효과도 있는 것 같아요. 그러면 점점 돈이 내 손에서 떠나가는 느낌이 들거든요. 돈이 독립

된 존재가 된다고 표현해야 하나, 돈은 그 누구의 것도 아니구나, 모두의 것이구나 싶죠.

쓰루미 오오오.

오하라 돈을 인격화한 뒤로 넉넉함에 대한 의식이 많이 바뀌었어요. 예전에는 돈이 나만의 것인 줄 알았는데, 주어가 점점 커졌어요. 내 것에서 친구들, 가족, 커뮤니티, 사회, 전 세계의 것으로 점점 확장되더니, 돈이 내 손에 없다고 해도 없는 게 아니라는 느낌이 들었죠. 어딘가에는 돈이 있다고 믿으면 조급하지도 불안하지도 않게 지낼 수 있더라고요. 돈이 오고 싶을 때 오면 되는 거고, 나가고 싶을 때 나가면 되는 거고. 그랬더니 돈을 쓸 때마다 사회에 저축하는 이미지를 떠올리게 됐어요.

쓰루미 이에이리 가즈마님의 『매끄러운 돈이 도는 사회』라는 책이 제법 그런 내용이었어요. 나도 '무전으로 산다'고 하는 것 치고는 기부 얘기도 썼죠. 모금하자는 이야기도 했고요.

오하라 돈이 아니라도 예를 들어 길에서 누가 곤경에 처해 있을 때 손을 내밀어주는 정도는 누구나 할 수 있잖아요? 그런 것도 저는 당장 눈에 보이는 형태는 아닐지라도 어떠한 식으로든 언젠가 돌아온다고 믿거든요. 내가 지금 그런 생각을 믿고 있다는 사실이 참 기쁘고, 축복받은 것 같아요.

쓰루미 오오오. 은혜가 돌고 도는 느낌이네요. 그런 사고방식도 누군가에게 은혜를 그대로 갚는 게 아니라 돌고 돌아서 언젠가 나에게 돌아온다는 뉘앙스잖아요.

오하라 그렇죠. 눈에 보이는 것만 믿는 사람은 좀처럼 받아들이기 어려운 사고방식이긴 하지만요. 하지만 일단 받아들이고 나면 제법 재밌다니까요.

쓰루미 그렇군요. 그것도 편해지는 방법이네요. 나는 그런 생각을 해본 적은 없지만, 그렇게 믿으니 마음이 좀 편해지는 것 같아요. 실제로 돌아올 것 같기도 하고. 내가 뭔가를 갖고 싶으면 나만 받는 방법을 찾기 마련인데, 일단 사회에 내어주고 받기도 하는 순환을 만드는 게 중요하죠. '0엔 숍[30]'도 그런 거고요.

오하라 얼마 전에 같이 갔었죠.

쓰루미 장기적으로 보면 그 자리에서 가장 많이 받는 건 실제로 참여한 사람들이니까요. 처음엔 '우리에게 필요 없는 물건을 0엔에 드릴게요'라는 액션이었는데, 결국 가장 많이 받는 사람은 주최하는 사람들이었어요. 사회에서 받기도 하고 주기도 하는 순환을 만드는 게 가장 빠른 방법이구나 싶었어요.

오하라 페이 잇 포워드pay it forward 같은 거요?

쓰루미 그건 강조해본 적 없지만요. 페이 잇 포워드는 뭔가 성선설적인 부분이 나랑은 안 맞더라고요.

오하라 그렇네요. 페이 잇 포워드라고 하면 약간 위선적인 냄새가.(웃음)

쓰루미 물론 결과적으로는 같지만, 나에게 돌아오는 보상을 너무 간과한다고 표현해야 하나. 무상증여를 합시다,

---

30 매달 둘째 주 일요일마다 도쿄 구니타치国立 역 근처 길거리에서 플리마켓 같은 형태로 참가자들이 쓰지 않는 물건을 나누는 행사.

뭐 이런 느낌이잖아요.

오하라 사용하지 않는 물건을 준다는 점은 좋아 보여요. 스트레스도 기대도 없어서. 손님들이 먹을 것도 갖다주고 그러잖아요?

쓰루미 먹을 것이나 답례품을 어마어마하게 가져다주시거든요. 누가 누구를 위해 주는 건지 모르겠어요.

오하라 그렇게 사용되면 돈도 기뻐할 것 같아요.(웃음) 답례하고 싶다는 마음은 굳이 뭘 안 해도 사람들 마음속에 자연스럽게 존재하는 건가 봐요.

쓰루미 네, 그러니까 돌고 도는 거겠죠. '돈의 인격화'는 좋은 시각인 것 같아요. 그리고 '윤리적 소비'라든지 '쇼핑은 투표다'라든지 돈이 좋은 방향으로 흘러가게 하자는 인식이 생겨났죠. 일본은 아직 갈 길이 멀었지만.

오하라 일본은 아무래도 개인적인 득실을 따지는 면이 크다고 할까요. 내 손을 벗어날 때까지만 내 돈이라고 보는 것 같아요. 그런데 내 손을 벗어난 다음까지 고려하는 게 윤리적 소비잖아요. 제가 말한 '돈의 인격화'도 그렇게 이어지는 건데.

쓰루미 그렇죠. 윤리적 소비가 '돈의 인격화'와 가장 가까울지도 몰라요. 거기까지 생각하고 돈이 어떻게 흘러가는지 조절할 수 있게 되면 여러 가지로 진보하겠죠.

오하라 정신적 측면에서 돈을 인격화하는 책은 있지만, 저는 개인의 이익을 위해서가 아니라 돈을 인격화해서 내 손을 떠나간 곳에서 발생하는 돈의 흐름까지 생각할 수 있었으면 좋겠다 싶어요. 이 뜻이 잘 전해지면 좋은데.

쓰루미 돈이 흐르는 법 전체를 보는 건 굉장히 좋죠. 지금 소유라는 사고방식에 변화가 일어나고 있는 상황에서도 느낄 수 있죠.

오하라 공유 시스템이 유행이죠.

쓰루미 공유가 유행이라는 건 굉장한 일이니까요. '돈의 인격화'도 이미 나만의 소유에서 벗어난 개념이잖아요.

오하라 그렇죠. 지금 공유 시스템이 유행한다는 건 이 유행이 계속 이어져서 지금 태어난 아이들이 어른이 되었을 때는 일반적인 현상이 된다는 의미겠죠.

쓰루미 개인의 소유를 만능으로 여기는 사회와는 달리 내가 가진 게 없어도 공유 대상이 있다면 그 사람은 가진

게 있다고 여기게 되겠죠.

오하라 그건 '주어가 커진다'는 이야기죠. 개인이 아니라 전체가 공유하는 것. 육아도 그렇게 될 수도 있겠네요. 모두 함께 키우는 아이 시스템이 생겨서, 엄마만 모든 책임을 지는 분위기가 사라지면 좋겠어요.

21세기의 이지 라이더

오하라 아까 사람의 인연 이야기를 계속했는데, 돈에도 인격 같은 것이 있다고 가정한다면 돈과 내 인연도 생각해 볼 수 있겠네요. 평소에도 돈을 잘 대접해줘서 빚을 지게 했다가, 제가 힘들 때 돈에 도움을 요청할 수 있지 않을까요.(웃음)

쓰루미 나와 돈의 상부상조인가요?(웃음)

오하라 저는 돈들 사이에 커뮤니티가 있어서 입소문 같은 게 분명 존재할 거라고 보거든요.

쓰루미 돈끼리 '재 만나면 조심해' 뭐 이런 얘기 한다는 건가요?(웃음)

오하라 네. 별점 사이트도 막 있고요.(웃음)

쓰루미 그렇다고 하면 돈이 많이 모이는 곳 = 별점이 좋은 곳이 될 텐데요?

오하라 비빌 언덕이 커야 하니까 돈도 '이왕이면 큰물이 좋지' 이런 기분이 들지 않을까요?

쓰루미 맞네! 그래서 대기업이나 부자가 있는 곳에 돈이 모이는 거구나.

오하라 참고로 이거 다 망상입니다.(웃음)

쓰루미 근데 돈 중에는 오하라나 나 같은 애도 있을 거라는 말이잖아요?

오하라 모두가 하나같이 AKB[31] 음악을 듣지는 않겠죠. 개중에는 조금 별난 돈도 있어서 분명 얼터너티브한 움직임이 있지 않을까요.

쓰루미 굉장한데요. 들어본 적도 없는 재밌는 이야기예요.(웃음) 은거하면서 그런 생각을 하고 살았군요.

오하라 망상이라니까요.(웃음) 그런데 다시 본론으로 돌아가면

---

31 2006년 10월 25일 데뷔한 도쿄 아키하바라 거점 일본의 아이돌 그룹이다.

『무전 경제 선언』은 사람과의 인연을 통해 얼터너티브 한 경제를 만드는 책이지만, 정작 쓰루미님이 그런 인연을 좋아하냐 하면…….

쓰루미 그건 또 아니죠.

오하라 쓰루미님 마음속에도 '진정한 삶의 모색'이라는 명확한 목적이 있을 테고, 그것을 위한 실험적인 인연이 있을 뿐이라고 얼마 전에 말씀하셨잖아요.

쓰루미 그랬죠. 도전이에요. 오하라도 아까 '도박'이라고 표현했었잖아요? 평범한 삶에서 벗어나는 건 도박이라고 말이죠.

오하라 네.

쓰루미 〈이지 라이더〉라는 영화를 좋아해요. 1969년의 아메리칸 뉴웨이브 시네마[32]를 대표하는 작품이죠. 그 시대는 기존의 삶의 방식을 부정하고 다른 삶은 없는지 고민했으니까요. 오토바이를 타고 대륙을 횡단하려고 했

---

32 1960년대 후반에서 1970년대 초반까지 이어진 미국의 영화 사조. 1967년 개봉된 아서 펜이 감독한 〈우리에게 내일은 없다〉를 시작점으로 삼는다.

죠. 지금도 비슷하게 '이지 라이더'처럼 '이런 삶은 이상하다, 다른 삶은 없을까'라고 의문을 품는 사람이 있어요. 다만 지금은 대륙 횡단이나 오토바이로 해결이 안 되니까 '돈에 되도록 의존하지 않고 살기' 같은 삶의 방식이 생기는 듯해요. 그래서 그게 도박이 되는 거고, 위험을 동반하는 일이 된 거죠. '이지 라이더'는 다른 곳에 갔다가 '옛날 사람들'에게 배척당하고 비참한 결말을 맞이하거든요.

오하라 그건 결국 도박에 진 것이라고 봐야 할까요?

쓰루미 아뇨, 그 사람들의 가치관에 비춰보자면 딱히 그렇지도 않죠.

오하라 그렇구나. 죽임을 당했다고 해서…….

쓰루미 그래서 인생은 항상 시험받는 것이기도 하죠.

오하라 살아 있으면서 죽는다는 건 견디기 힘든 일이죠.

쓰루미 그렇죠. 난 정말 그렇게 생각해요. 이대로 계속 공장에서 근무해도 괜찮지만, 그건 로봇이나 마찬가지인 거잖아요. 그렇게 살면 먹고사는 데 지장 없고 생물학적으로는 살아 있는 것이지만, 근본적인 의미대로라면

살아 있지는 않은 거예요. 그건 죽는 것보다 무섭다는 마음에 결국 사표를 냈죠.

오하라 현대를 살아가는 이지 라이더.

쓰루미 맞바람이 거셀 수도 있지만, 아주 보람 있는 인생이에요.

오하라 그렇네요. 저도 결심하기 잘한 것 같아요. 다들 저한테 '즐거워 보여요'라고 말하거든요.

쓰루미 이기고 지고의 문제는 아니니까요. 우리는 우리가 살고 싶은 대로 사는 것뿐이죠. 괜찮지 않나요? 나는 그저 '인생이 이렇게 힘든 건 뭔가 이상하다'고 느꼈을 뿐이에요.

오하라 양복을 입은 좀비 같은 사람들이 있거든요. 아, 이런 얘기하면 좀 논란이 되려나요.

쓰루미 맞아요.(웃음)

오하라 뭐, 생각이 많아지면 살기 힘들다는 심정도 이해는 가지만요. 내가 뭘 위해 살고 있나 일일이 생각하다 보면 회사를 어떻게 다니겠어요.

쓰루미 오하라나 나는 '이지 라이더' 같은 거예요. 어느 시대든지 그런 사람들은 꼭 몇 명씩 튀어나오는 것 같아요.

가급적 일하고 싶지 않은 사람들을 위한 돈 이야기

초판 1쇄 발행 2021년 11월 30일

지은이 오하라 헨리
그림 fancomi
옮긴이 안민희

펴낸이 윤동희
편집 윤동희 김민채
디자인 신혜정
제작처 교보피앤비

펴낸곳 (주)북노마드
출판등록 2011년 12월 28일 제406-2011-000152호

주소 08012 서울특별시 양천구 목동서로 280 1층 102호
전화 02-322-2905
팩스 02-326-2905
전자우편 booknomad@naver.com
인스타그램 @booknomadbooks

ISBN 979-11-86561-82-9 03830

www.booknomad.co.kr

북노마드